세상에서 가장 행복한 이야기

세상에서 가장 행복한 이야기

엮은이 ｜ 제임스 볼드윈
옮긴이 ｜ 정익순
펴낸이 ｜ 최병섭   펴낸곳 ｜ 이가출판사
초판 1쇄 발행 ｜ 2019년 5월 28일
출판등록 ｜ 1987년 11월 23일
주소 ｜ 서울시 영등포구 도신로 51길 4
대표전화 ｜ 716-3767   팩시밀리 ｜ 716-3768
E-mail ｜ ega11@hanmail.net
ISBN ｜ 978-89-7547-120-9 (03840)

세상에서
가장 행복한 이야기

제임스 볼드윈 엮음 ｜ 정익순 옮김

이가출판사

해마다 많은 관광 인파가 모이는 사우스다코타주의 러슈모어 산에는 높이 1,829m로 조지 워싱턴, 토머스 제퍼슨, 에이브러햄 링컨, 시어도어 루스벨트 등 역대 대통령의 거대한 얼굴이 조각되어 있다. 이것은 조각가 거츤 보글럼이 14년에 걸쳐 완성한 대작이다.

보글럼은 이 대작을 완성하고 불과 몇 개월 후에 죽었다. 죽기 전 그는 이렇게 말했다.

"사람들은 적어도 10만 년 동안 저 위인들을 바라보며 배울 것입니다. 내 이름도 저곳에 함께 있는데 14년이 그리 긴 시간은 아니지요."

이처럼 위대한 인물의 성과는 죽은 후에 빛을 발하기도 한다. 그들 모두가 단순히 성공과 실패에만 매달렸다면 역사는 그들을 기억하지 못할 것이다.

　이미 국내에도 널리 알려진 제임스 볼드윈은 세상에 참된 희망을 주고자 회자되던 이야기들을 엄선하여 이 책을 엮었다.

　책에 수록된 로빈슨 크루소의 실제 모델인 알렉산더 셀커크 선원의 일화, 미국 최초의 화가 벤저민의 어린 시절 이야기, 이솝이 던져주는 통쾌한 혜학과 지혜, 겸손의 필요성을 일깨워 준 존 마샬 대법원장의 일화 등 미국이나 유럽 등에서 널리 알려진 인물들의 이야기다. 단지 흥미위주로 꾸민 이야기가 아니라 역사 속에서 일어난 실재 이야기로 그 감동이 더욱 진하게 다가오기 때문에 현재까지도 세계적인 베스트셀러로 독자들의 사랑을 받고 있다.

　이 책을 읽다보면 삶의 경험과 생명의 소중함, 날카로운 교훈이 전하는 진정한 용기, 일상의 잔잔하고 따뜻한 사랑을 가슴속 깊이 느낄 수 있을 것이다.

∣CONTENTS∣

칠면조를 배달한 대법원장 _ 9

석탄쟁이와 루이 14세 _ 15

현명한 노예 이솝 _ 29

페달 달린 보트의 발명 _ 33

로빈슨 크루소의 모험담 _ 38

한치 앞도 모르는 손님 _ 42

음악으로 목숨을 구한 음악가 _ 46

초라한 노인이 된 부통령 _ 53

로마를 구한 장군의 어머니 _ 57

독약을 간별 하는 지혜로운 왕자 _ 63

왕의 지혜로운 판결 _ 71

어려움을 극복한 왕 _ 77

책을 사랑한 왕자 _ 83

왕과 소년의 만남 _ 88

에트릭의 양치기 시인 호그 _ 91

총알 앞에서도 나라사랑 _ 95

7인의 현인 _ 98

개미가 준 교훈 _ 111

그림을 사랑한 어린 벤저민 _ 116

말발굽 때문에 잃어버린 왕국 _ 122

늑대를 사냥한 풋남의 용기 _ 127

어린 정찰병 앤드류 _ 133

시인의 예의 _ 136

작은 생명도 소중하게 여긴 장군 _ 139

길버트의 용기 _ 142

나라를 구한 말잡이 폴 리비어 _ 148

마지막 순간에도 희망을 _ 153

인간적인 가우타마 _ 157

용감한 대장장이 엘리후 _ 163

딘 스위프트의 예절 교육 _ 170

정직한 소년 오타니 _ 174

성실한 청년 에이브 _ 179

어머니의 산교육 _ 181

인류 최초의 인간 _ 186

솔로몬 왕의 지혜 _ 191

천상의 목소리를 가진 카드몬 _ 195

읽고 또 읽기에 열중한 윌리엄 _ 203

선원의 꿈을 포기했던 워싱턴 _ 206

훌륭한 인격의 다니엘 _ 210

화가가 된 양치기 소년 _ 213

프레드릭 왕의 깊은 사랑 _ 218

아버지 칼리프 _ 223

완벽한 그림 _ 226

죽음에서 빠져나온 장군 _ 229

Fifty Famous People

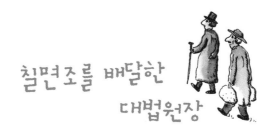

칠면조를 배달한 대법원장

버지니아 주 리치몬드에서의 일이었다. 토요일 아침, 한 노인이 상점으로 들어섰다. 노인의 낡은 외투와 모자를 보더라도 동네의 초라한 노인 정도로 여겨졌다.

그의 손에는 조그마한 바구니가 들려 있었다.

"내일 저녁 준비에 필요한 칠면조가 필요합니다."

그는 겸손히 말했다.

상점 주인은 그의 말을 듣고 살찐 칠면조를 보여주었다. 칠면조는 금방 구울 수 있도록 손질이 잘되어 있었다.

"아, 그 정도면 내가 원하던 거랑 똑같군요. 내 아내가 상당히 기뻐할 거요."

노인은 주인이 들어 보인 칠면조를 보며 반색을 했다. 칠면조 가격을 물어본 노인은 흔쾌히 대금을 지불했다. 계산을 마친 주인이 노인의 작은 바구니에 종이에 싼 칠면조를 넣어주었다.

그때 한 말쑥한 젊은이가 상점 안으로 들어왔다.

"저…칠면조 한 마리를 살까 해서요."

정장을 한 젊은이는 산뜻한 옷차림에 손에는 신사용 지팡이가 걸려 있었다.

"어떤 걸로 드릴까요?"

상점 주인이 그에게 칠면조를 고르라고 했다.

"으음, 이걸로 하지요. 돈은 여기 있습니다. 물론 배달은 되겠지요?"

"죄송합니다만 오늘은 배달이 안 됩니다. 배달하는 아이가 그만 아파서 나오지 못했습니다. 제가 배달을 해드리면 좋겠지만 가게가 비어서요. 죄송합니다."

그 말을 들은 젊은이는 인상을 찌푸리며 푸념했다.

"아니, 그럼 내가 이 칠면조를 직접 들고 가야 된단 말입니까?"

"오늘 만큼은 어쩔 수 없이 그래야 될 것 같습니다. 정말 죄송합니다만 어쩔 수 없군요. 그렇지만 칠면조가 그리 무거운 짐은 아니랍니다."

젊은이는 계속해서 시비를 걸 듯 말을 했다.

"아니, 이 양반이 농담을 하는 거요? 내가 이걸 들고 거리로 나서란 말이오? 무슨 망신을 당하려고……."

그 모습을 조용히 지켜보고 있던 노인이 두 사람 사이에 끼어들었다.

"실례지만 선생께서 어디
에 사시는지 물어봐도 될
까요?"

"물론이요. 우리 집은
39번가에 있습니다. 내 이름
은 존슨이라고 하구요."

"그것 참 잘됐군요. 마침 나도 그쪽으로 가는 길이니 원하신다면
내가 그걸 들어드리리다."

노인은 젊은이에게 미소를 보냈다. 노인이 아르바이트로 배달해
주리라 짐작한 젊은이 역시 기뻐했다.

"아, 그렇습니까? 정말 다행이군요. 그럼 부탁합니다."

젊은이는 노인에게 따라오라며 먼저 상점을 나섰다. 얼마 후 그
들은 젊은이의 집에 도착할 수 있었다. 노인은 젊은이의 집을 확인
한 후 점잖게 젊은이에게 칠면조를 건네주었다.

"고맙습니다. 앞으로는 노인도 그 상점으로 가지 마십시오. 저에
게 짐을 들라고 하는 사람이 어디 있습니까? 어찌되었든 수고하셨
습니다. 자, 얼마를 드리면 되지요?"

젊은이가 당연하다는 듯 노인 앞에서 지갑을 꺼냈다. 하지만 노
인은 극구 사양했다.

"아닙니다. 선생, 이러면 안 되지요. 이런 일은 제게 아무것도 아
닙니다. 신경 쓰지 마세요."

노인은 젊은이에게 고개를 숙인 후 자리를 떠났다.

며칠 후, 젊은이가 상점 앞을 지나가다가 그 노인이 누군지 궁금해 상점 주인에게 물었다.

"도대체 그 노인이 누구요? 마침 잘됐구나 생각하고 배달을 시켰지만 돈을 받지 않으니 말입니다."

"손님, 그분을 모르시는군요. 그분이 바로 존 마샬이라는 대법원장님이지요. 그분은 우리나라 저명인사들 중 한 분이 아니십니까?"

그 소리를 들은 젊은이는 부끄러움에 그만 얼굴을 붉히고 말았다.

"아, 그분이오? 정말 죄송하게 됐군요. 그런데 왜 그런 유명하신 분이 칠면조 따위를 직접 배달하시는 거지요?"

"그건 그분의 깊은 뜻이 있었을 겁니다. 손님에게 뭔가를 손수 가르쳐 주기 위해서지요. 잘 생각해보십시오. 그분도 분명 손님이 자신의 신분을 알게 될 것을 예견하셨을 테니까요. 물론 그 때문에 그런 일을 하신 것은 아니지만요."

"모르겠습니다. 제게 가르쳐 주신 게 뭐일까요?"

"그분은 아마도 손님에게 그 누구도 자신의 짐을 즐겁게 들어줄 사람이 없다는 것을 가르쳐주기 위해서일 것입니다. 그 누군가는 분명 그 짐을 들어야 했으니까요. 그렇다면 나머지는 손님의 판단이 아니겠습니까?"

"맙소사!"

젊은이는 손으로 자신의 이마를 때렸다.

그 자리에 있던 다른 손님이 그 이야기를 듣고 부연설명을 했다.

"그분이 칠면조를 배달해주신 이유는 바로 자신의 의무를 다하고 싶었기 때문이지요. 힘든 일이겠지만 비록 타인이 싫어하지만 자신은 해야만 한다는 그런 의무감 말이지요. 그분이 유명하게 된 것은 바로 그런 마음으로 법정에 서기 때문일 겁니다."

석탄쟁이와
루이 14세

1. 석탄쟁이 재코

오래전에 프랑스의 파리 근교에 재코라는 가난한 석탄쟁이가 살고 있었다. 그의 집은 아주 작았지만 그의 식구들에겐 그리 좁은 공간이 아니었다. 재코와 그의 아내, 두 아들들은 나름대로 풍족한 집에서 산다고 여겼기에 전혀 불편함이 없었다.

방 한구석으로는 큰 벽난로가 있어서 그곳에서 두 아이의 엄마가 요리를 하였고 다른 한쪽 구석에는 침대가 있었고 방 중앙에는 둥근 탁자와 테이블이 놓여 있었는데 그 둥근 탁자가 의자를 대신하고 있었다.

재코가 하는 일은 석탄을 캐다가 도시의 부자들에게 파는 일이었다. 매일 큰 바구니에 석탄을 가득 담아 어깨에다 짊어지고는 도시 사람들에게 배달해 주었다. 때로는 그의 아내와 함께 왕이 살고 있는 궁전으로 서너 개의 석탄 바구니를 배달하기도 하였다.

어느 날, 재코가 밤이 늦도록 돌아오지 않았다. 그의 아내와 아이들은 식탁에 둘러앉아 지친 모습으로 기다리고 있었다. 식탁에는 저녁상이 차려 있었지만 그 누구도 식사를 하지 않았다. 배고픔에 익숙한 아이들이었지만 그날따라 늦는 가장의 귀가로 인해 무척이나 허기져 있었다. 기다림에 지친 아이들 중 큰아이인 샤롯이 말했다.

"저녁밥이 이미 식은 지 오래 됐어."

동생이 형의 말을 받았다.

"정말 왜 이렇게 늦으시는 거지? 우리 먼저 먹을 수도 없고."

"당연하지. 늦더라도 아버지와 함께 식사를 해야지. 좀더 기다리자구."

지쳐 있는 아이들을 바라보며 어머니가 아버지의 사정을 말해 주었다.

"얘들아, 오늘 밤 궁전에서 큰 잔치가 벌어지고 있단다. 그래서 늦으시는 것 같구나."

"궁전에서 잔치가 열린다고요?"

"그래, 그곳에는 멋진 음악이 연주되고 예쁜 무희들이 춤을 춘단다. 근사한 사람들이 멋진 옷을 입고 연회에 참석한단다. 그러니 주방이 몹시 바쁘지 않겠니? 아버지는 거기에서 그들을 돕고 있는 게 분명해. 그 사람들이 춥지 않게 석탄불을 피우는 게 바로 아버지의 못이란다. 그러니 조금만 더 기다리자구나."

다행히도 잠시 후 밖에서 아버지의 목소리가 들려왔다.

"얘들아, 빨리 불을 지펴야겠다. 마른 장작을 많이 집어넣어 활활 지펴야 한다."

아빠의 말을 들은 아이들은 즉시 일어나 벽난로에 불을 지폈다. 방안 가득히 불꽃 냄새가 피어오르며 따스함이 밀려왔다.

2. 깨어난 아이

그런데 귀가한 아버지의 팔에 사내아이가 안겨있었다. 그 모습을 보고 놀란 것은 아이들보다 어머니였다.

"맙소사! 여보, 이게 웬일이에요? 대체 그 사내아이는 누구에요?"

아이의 얼굴은 매우 창백해 있었으며 눈동자가 굳어져 있었다.

"아니, 도대체 무슨 일이에요? 어디서 아이를 안고 온 거에요?"

"여보, 내가 자초지종은 나중에 설명할 테니 우선 이 아이에게 담요부터 덮어주고 좀 재웁시다."

아내는 그제야 가만히 아이의 얼굴을 들여다보았다.

"정말 예쁜 아이군요!"

아이의 모습에 감탄을 하면서 아내는 급하게 남편의 말에 따랐다.

아이가 입고 있던 옷은 한 번도 본 적이 없는 훌륭한 옷이었지만

진흙탕에 더러워져 있어서 어머니에 의해 세탁되었다.

"아이에겐 마른 옷이 필요하단다. 샤롯, 얼른 일요일에 입는 네 나들이 옷을 가져오너라."

어머니의 말에 아이들도 부산히 움직였다. 샤롯이 얼른 옷을 가져왔다.

"어머니, 여기 있어요."

잠시 후 아이는 따뜻한 옷을 입고 부드러운 담요를 덮고 침대에 누웠다.

아이는 차츰 원래의 모습으로 회복되면서 눈동자가 서서히 움직이더니 사방을 두리번거렸다. 좁은 집안 구석구석을 살펴보다가 사람들이 자신을 바라보고 있는 것이 보였다.

"지금 내가 있는 곳이 어딘가요?"

재코가 미소를 건네며 말했다.

"안심해라, 어린 친구! 여긴 우리 집이란다."

그 말을 들은 아이는 단박에 조소를 흘렸다.

"내가 어린 친구라고요?"

아이는 벽난로와 거친 식탁, 의자들을 아주 낯설게 바라보았다. 아이가 다시 어이가 없다는 듯 말했다.

"정말 좁은 집이군요."

"미안하구나! 이곳이 맘에 안 드는 모양이지? 하지만 난 너를 돕지 않을 수가 없었단다. 당분간 너는 이곳에 있어야 한단다. 몸이 회복될 때까지는 말이야."

"어떻게 이 옷을 내게 입힌 거죠? 이건 내 옷이 아니잖아요. 당신들이 내 옷을 빼앗고 이런 형편없는 옷을 입힌 거죠?"

"뭐라고? 내가 네 옷을 훔쳤다고? 그걸 말이라고 하니?"

재코가 화를 내자 그의 아내가 침착하게 그를 말렸다

"진정해요 재코, 저 아이는 너무 어려서 자신이 무슨 말을 하고 있는 줄도 모르고 있어요. 아이들은 너무 솔직한 게 탈이지요. 그걸 이해해야 돼요. 조금 있으면 아이도 제 모습을 찾을 수 있을 거예요."

아이는 정말 피곤해 했다. 그래서 더욱 짜증이 났던 것이다. 곧 아이의 눈이 감기더니 이내 잠이 들었다. 아이가 잠들자 갑자기 집 안이 조용해졌다.

3. 위기의 순간

샤롯이 아빠에게 물었다.

"아버지, 말씀 좀 해주세요. 저 애를 어디서 데려오신 거에요?"

아버지는 난롯가에 앉아 두 아이들을 무릎에 앉혔다. 그 옆으로 아이들의 엄마가 가까이 다가앉았다.

"저 아이를 어디서 데려왔는지 말해야겠지. 나도 피곤한 하루였어. 궁전의 주방으로 재빨리 석탄을 배달하고 집으로 오려고 했었지. 빨리 집으로 오려고 궁전의 지름길로 오고 있었지. 참! 그 길에 있는 샘물 알고 있지?"

"그럼요, 잘 알고 있지요. 그 샘은 궁전의 바로 앞에 있지요?"

큰아들이 아버지의 말에 대답했다.

"그래, 잘 알고 있구나. 그래서 난 바삐 그곳을 가로질러가고 있었단다. 그런데 갑자기 뭔가 샘에 빠지는 소리가 들리지 뭐냐. 난 놀라서 그곳으로 달려갔지. 그랬더니 그곳에 아이가 빠져 있더구나. 나는 얼른 아이를 구해냈단다. 조금만 지체했어도 물에 빠져 죽었을 게야."

"저 아이가 다른 말은 하지 않던가요?"

작은아들이 아버지에게 물었다.

"아니, 아무런 말도 없었단다. 아이는 의식이 없었으니까. 나는 아이가 죽어가고 있다는 것을 알 수 있었지. 그래서 급히 아이를 안고 궁전의 주방으로 뛰어갔지만 주방장은 나와 이 아이를 그곳으로 들여보내주지 않았지. 주방장은 이 아이를 내 아이나 조카쯤으로 알고 있었던 거야. 어떡하면 이 아이를 살릴 수 있을까 생각하다가 좁기는 하지만 따뜻하게 품어줄 우리 집을 생각해냈지."

"가여운 아이구나, 어쩌다 이렇게 되었을까?"

재코의 아내가 아이를 바라보며 말했다. 인정 많은 큰아들도 아이를 위로하듯 말했다.

"하는 수 없군요. 이제 이 아이를 동생으로 생각하겠어요."

두 아들이 아이에게 다가가 살며시 손을 잡았다. 그 온기가 아이에게도 느껴지는 것 같았다.

4. 새로운 식구

얼마 후 아이가 깨어났다. 의식을 완전히 회복한 아이는 한눈에 보기에도 건강해 보였다. 아이는 주위를 두리번거리며 살펴보았다.

"애야, 엄마를 찾고 있니? 내가 보기엔 네 엄마가 너에게 무심했나 보구나. 엄마가 어디에 살고 있는지 말해보렴. 우리가 네 엄마에게 데려다 줄 테니까."

재코의 부인이 아이에게 미소지으며 말했다.

아이는 침착하게 말했다.

"너무 신경 쓰지 마세요."

"그래도 엄마가 너를 찾고 있을 거 아니겠니?"

"엄마가 나를 찾도록 그냥 내버려 두세요. 우리 엄마는 절대로 나를 걱정하는 사람이 아니에요. 엄마는 언제나 내 말을 들어주지 않는 사람이에요."

"뭐라고? 네가 친아들인데도 네 말을 들어주지 않는다고?"

"예, 그래요. 그리고 엄마는 항시 시종들에게 저를 맡기지요."

시종이란 말이 나오자 재코가 급하게 아이에게 물었다.

"너를 시종들에게 맡긴다고? 그래, 나도 그렇게 생각하고 있단
다. 아무래도 그들이 너를 물에 빠뜨린 것 같구나. 너는 그곳에서
죽을 뻔했단다. 내가 구해주지 않았다면 말이다. 그러나 이젠 안심
하려무나. 넌 이곳에서 안전하게 있으니까 말이야. 어서 우리랑 저
녁을 먹자구나."

이제 그들은 조그마한 식탁 위에 옹기종기 모여앉아 저녁을 먹게
되었다. 하지만 아이는 아무것도 먹을 수가 없었다. 그냥 어색하게
식탁에 앉아 있을 뿐이었다. 그 모습을 본 가족들이 아이에게 근심
스럽게 말했다.

"얘야, 아무래도 네 엄마 얘기를 좀더 자세히 해줘야겠구나. 우리
들이 알아들을 수 있게 말이다."

"물론이죠. 엄마는 이 사실을 알게 되면 기뻐할 거예요. 이젠 엄
마가 더 이상 저를 귀찮게 하지 않을 테니까요. 매일 밤 그랬던 것처
럼요."

아이의 말을 들은 두 아들이 물었다.

"얘, 너희 엄마는 우리 엄마 같지 않니?"

"우리 엄마는 아주 예뻐!"

"그래도 우리 엄마가 낫다. 우리 엄마는 얼마나 친절한데. 매일
우리들을 위해 뭔가를 해주려고 애쓰신단다. 그래서 우리들은 매일
감사하며 기쁘게 살고 있단다."

"우리 엄마도 좋은 게 하나 있어. 나에게 좋은 옷과 많은 돈을 쓰

고 있으니까 말이야."

"야, 그것 참, 근사하게 들린다. 그렇지만 돈만 많이 쓴다고 좋은
엄마가 되는 건 아니지."

작은아들이 빈정대며 말했다.

"하지만 그것은 아무것도 아니야. 엄마는 내 곁에 있지 않고 시
종들만 내 명령에 움직이고 있어. 그것같이 따분한 일도 없는 것
같아."

"그럴 테지. 우리 엄마는 항상 우리들 곁에서 시종보다 더욱 우리
를 잘 돌보고 있으니까. 우리는 지루해할 시간이 없어."

5. 프랑스의 왕 루이 14세

그때 밖에서 요란한 소리가 들리더니 문을 두드리는 소리가 났다.
재코가 서둘러 문을 열자 문밖에 서 있던 사람이 다그치듯 물었다.

"이곳이 재코란 사람의 집이냐? 석탄쟁이 말이다."

아이가 두 아들에게 조그맣게 속삭였다.

"저 사람이 바로 내 가정교사야."

아이는 급하게 몸을 숙이며 식탁 밑으로 숨었다.

"내가 여기 있다고 말하지 마. 부탁이야."

잠시 후 좁은 방안은 정장을 한 남자들로 가득 찼다. 그들의 의복

은 말끔했고 대장으로 보이는 사람은 칼을 지니고 있었다. 대장은 방 안을 둘러보며 그의 부하들에게 말했다.

"다시 한 번 상황을 말해 보아라."

"약 두 시간 전, 궁전 앞 샘물가를 지키고 있었습니다. 그때 제가 잘 알고 있던 이 석탄쟁이가 아이를 안고 급히 뛰어나갔습니다."

이 말을 들은 대장이 재코를 바라보며 물었다.

"네가 석탄쟁이냐? 아이는 어디 있는 거냐?"

그 말을 듣고 있던 아이가 소리치며 숨어 있던 식탁 밑에서 기어 나왔다.

"나는 여기 있다!"

그 모습을 본 대장이 허리를 구부리며 말했다.

"폐하! 여기 계셨군요. 폐하를 찾으려고 두 시간 동안이나 헤매고 다녔습니다."

"그럴 필요가 없었는데…. 나는 여기 잘 있으니까 염려하지 마라. 카디날 마자린!"

재코의 집안사람들은 상상도 할 수 없는 말과 행동을 아이는 너무도 자연스럽게 연출하고 있었다.

"하지만 폐하, 지금 어머님이 크게 걱정을 하고 계십니다. 저희들도 아주 곤란한 입장입니다."

"그 점에 대해서는 너희들에게 미안하구나. 어머님께도 근심을 끼쳐드려서 죄송하고. 그러나 난 정말 그때 죽는 줄 알았다. 하지만 하늘의 도움으로 이집 주인이 나를 발견하고 내 목숨을 구하기 위해

이 집으로 데리고 온 것이다. 난 이들에게 누구보다도 융숭한 대접을 받았다."

"그렇습니까, 폐하! 그러나 당장 저와 함께 궁전으로 돌아가셔야 합니다. 이곳은 폐하께서 머무실 곳이 못 됩니다."

"너희들의 마음은 알겠지만 너무 서두르지 마라. 적당한 때에 돌아가마."

"폐하, 지금 어머님께서 노심초사하시며 기다리고 계십니다."

"물론 그러시겠지. 어머님이 화를 내시는 것도 당연하지만, 단지 나는 내가 어려울 때 진심으로 도와준 이 가족들과 좀더 시간을 보내고 싶을 뿐이야."

아이가 석탄쟁이에게 말했다.

"내 친구여! 나는 프랑스의 왕 루이 14세라오. 진심으로 그대가 내게 베풀어준 은혜에 감사하오. 그 보답으로 그대에게 상금을 하사하고 아이들에게는 얼마든지 공부할 수 있도록 배려할까 하오."

재코의 식구들은 모두들 넋이 나간 표정이었다. 조금 전 자신들과 이야기하고 있던 이 아이가 갑자기 갑옷을 입은 큰 전사가 된 것 같았다.

재코는 얼른 몸을 숙여 어린 왕의 손에 입맞춤을 하였다.

어린 왕은 큰소리로 말했다.

"이제 준비가 되었으니 서둘러 궁전으로 돌아가자."

"왕자님, 그 옷을 입고 궁전으로 가신단 말씀입니까?"

왕실 사람들은 어린 왕이 입고 있는 낡은 옷에 무척 신경이 쓰이는 모습이었다.

어린 왕자가 고개를 들고 질문했다.

"왜 이 옷이 안 된다는 거지?"

"이 옷을 입고 있는 폐하의 모습을 어머님이 보신다면 야단을 치실 것 같기 때문입니다."

"상관없다. 그 누가 뭐라고 해도 이 옷은 지금까지 입었던 그 어떤 옷들보다 제일 편하다. 그러니 절대로 바꿔 입을 생각이 없다."

이렇게 말을 하면서 어린 왕이 집을 나섰다. 그때 어린 왕이 작은 아들을 살짝 바라보았다.

"내일 궁전으로 놀러와. 이 옷은 그때 돌려줄게. 대신 내일은 내 옷을 입혀줄게. 내일까지 안녕! 친구야!"

어린 왕이 살짝 눈짓을 하면서 밖으로 나갔다.

고전시대의 절대 왕정을 상징하는 루이 14세는 다섯 살의 나이로 프랑스 왕이 되었다. 그가 루이 14세로 불린 이유는 앞선 13명의 왕들이 그의 선조였기 때문이었다.

이 이야기는 아직까지도 루이 14세에 대한 유명한 일화로 전해지고 있다.

현명한 노예 이솝

아주 오랜 옛날 이솝이라는 노예가 있었다. 이빨이 몽땅 빠진 그는 말을 할 때 웅얼거리기 때문에 무슨 말을 하는지 알아듣기 힘들었다. 게다가 그의 외모는 별 볼일 없는 정도가 아니라 아주 추했다.

눈은 사팔뜨기인데다 코는 겨우 구멍만 뚫린 납작코에 늘 고개를 앞으로 숙이고 다녔으며 아무리 씻어도 결코 깨끗해 보이지 않을 만큼 거무튀튀한 피부색을 가졌다.

이솝은 자유의 몸이 아니었다. 주인이 시키는 대로 해야 하는 노예였다. 이솝의 주인은 이솝이 시내에서 할 수 있는 일은 아무것도 없다고 판단하고 시내에서 한참 떨어진 경작지에서 농사일을 거들도록 시켰다.

어느 이른 아침, 한 농부가 신선한 무화과를 들고 이솝의 주인을 찾아왔다.

"여기 무화과를 가져왔는데 드셔보십시오. 싱싱한 햇과일입니다요."

"오호, 먹음직스럽게 생겼군."

주인은 노예들 중 한 명에게 말했다.

"아가토푸스, 먼저 목욕부터 해야겠구나. 그런 후에 아침식사를 할 것이야. 식사가 끝나는 대로 이 싱싱한 과일을 내오도록 해라."

어느덧 식사시간이 되었다. 밭에서 일하던 이솝은 일을 멈추고 집으로 돌아왔다. 그때 마침 아가토푸스가 주인이 먹을 무화과 하나를 덥석 움켜쥐더니 우물거리며 단숨에 먹어버렸다. 잠시 후 그는 입맛을 다시며 옆에 있던 다른 노예에게 말했다.

"무화과만으로 배를 채울 수 있다면 얼마나 좋을까! 하지만 감히 그럴 수야 없지."

그 말을 들은 노예가 말했다.

"이봐, 무화과 몇 개만 내게 줘봐. 그럼 이걸 다 먹어치우고도 벌을 받지 않는 좋은 방법을 일러줄 테니까."

귀가 번쩍 뜨인 아가토푸스가 물었다.

"아니, 그게 정말인가? 어서 알려주게."

"일단 우리 둘이서 여기 있는 무화과를 모두 먹어치우는 거야. 그리고 나서 주인이 무화과에 대해서 물어보면 말이야, 이렇게 말하는 거지. '이솝이 다 먹어치웠습니다.' 이솝은 말도 못하는 바보가 아닌가! 게다가 설사 제까짓 놈이 손가락으로 우릴 지목한다고 해도 무슨 수로 우리가 먹은 걸 증명하겠어!"

마음이 맞은 두 노예는 당장 그 자리에서 무화과를 모두 먹어치웠다.

목욕을 마치고 아침식사를 한 주인은 아가토푸스를 불렀다.

"이제 무화과를 가져 오거라."

아가토푸스는 머리를 조아리고 말했다.

"이솝이 다 먹어치웠습니다."

"그놈을 당장 끌고 오너라."

끌려온 이솝에게 주인이 성난 목소리로 말했다.

"이런 괘씸한 놈을 보았나! 감히 분수도 모르고 주인의 과일에 손을 대?"

이솝은 어떻게 해야 할지 몰랐다. 그는 매를 맞는 게 두려워 무릎을 꿇고 억지로 혀를 굴려 말을 하려고 애썼다.

"저, 저어……에게 시, 시간……으을……."

그러자 주인이 말했다.

"시간을 달라고? 흠…… 그래 좋다."

이솝은 물이 가득 담긴 항아리와 빈 그릇을 들고 와 자신의 발 앞에 놓고 항아리에 담긴 물을 마시기 시작했다. 물을 다 마신 이솝은 집게손가락을 목안으로 깊이 밀어 넣었다. 그러자 바로 구역질이 나와 이솝은 앞에 준비된 빈 그릇에 토하기 시작했다.

그런데 이솝이 토해낸 것은 맹물밖에 없었다. 이보다 더 확실히 자신의 무죄를 증명할 수는 없는 일이었다. 크게 감동한 주인은 아가토푸스와 그 옆에 있던 노예에게 명했다.

"너희도 저 물을 마시도록 해라."

같이 무화과를 먹은 노예가 아가토푸스에게 말했다.

"물을 삼키지 말고 입안에만 물고 있게. 그리고 손가락도 살짝만 찔러 넣게. 그러고 나서 입에 물고 있던 물을 뱉는 거야."

그렇지만 두 사람은 물을 입에 넣자마자 금방 속이 메슥거려서 참을 수가 없었다. 결국 그들은 목구멍까지 가득 찼던 무화과를 토해 낼 수밖에 없었다.

주인은 매우 화가 나서 소리쳤다.

"이런 천하에 못된 놈들 같으니라구."

무화과를 훔쳐 먹은 두 노예는 흠씬 두들겨 맞는 벌을 받아야 했다.

많은 이야기들이 이솝의 기발한 창작력의 산물이 되었고, 많은 명작들이 놀랍게도 노예의 입에서 나오게 되었다.

이솝은 결국 그의 능력을 알아준 주인에 의해 자유인이 되었으며, 많은 위대한 사람들이 그를 초청해 친구가 되길 원했고 급기야 왕까지도 그의 놀라운 유머와 우화를 받아들이게 되었다.

페달 달린 보트의 발명

지금부터 이백 년쯤 전보다 조금 더 오래전에 두 소년이 강에서 낚시를 하고 있었다. 그들은 보트 바닥에 앉아 구부러진 갈고리 모양의 낚싯대를 들고 미끼를 낚아챌 큰 물고기를 기대하고 있었다.

"제발 물어다오, 고기들아."

그러나 물고기들은 놀리기라도 하듯 입질조차 하지 않았다. 그들은 슬슬 지루해지기 시작했다.

"왜 전혀 입질조차 하지 않는 걸까?"

그래도 그들은 포기하지 않고 자리를 지켰다. 한참을 지나도 아무런 소식이 없자 그만 지쳐버린 그들은 장소를 옮기려 했다.

"자리를 옮길까? 여긴 절대로 포인트가 아니야."

그들은 다른 곳으로 가기 위해 보트를 움직이려고 긴 막대기로 보트를 힘겹게 밀었지만 수심이 깊지 않아 좀처럼 앞으로 나아가지 않았다.

"로버트, 너무 힘쓰지 마. 이런다고 될 일이 아닌 것 같아."

한 소년이 다른 소년을 부추겼다.

"맞아, 크리스토퍼. 이 낡은 보트는 아주 엉망이야. 이렇게 꾸물거리는 걸 보니 꼭 기어가는 것 같아! 그래도 할 수 없지, 끌고 갈 수밖에."

"로버트, 정말 괜히 낚시를 온 것 같아."

"맞아, 하지만 보트를 이렇게 끌고 가는 것보다는 다른 방법을 쓰는 게 좋을 것 같아."

"나도 같은 생각이지만 어떻게 해야 되는지 모르는 게 문제지."

"그러지 말고 노를 젓는 게 어때?"

"하지만 우리에게 노가 있냐?"

"좋아, 내가 기막힌 노를 하나 만들어볼게! 내가 만들 노는 정말 획기적인 것이 될 거야. 그 누구도 사용한 적이 없는 나만의 발명품이니까 말이야!"

다음날 로버트의 숙모는 헛간에서 나는 시끄러운 작업소리를 들었다. 귀를 막고 그곳으로 다가간 그녀는 두 소년이 뭔가를 몰두해서 만들고 있는 것을 보았다.

숙모가 두 소년에게 물었다.

"얘들아, 뭘 만들고 있는 거니?"

"예, 숙모, 대단한 걸 만들고 있지요. 새로운 노를 만들 생각이에요. 듣도 보도 못한 그런 것을요."

로버트가 신나는 표정으로 말했다. 그 모습을 본 숙모는 그만 웃음을 터뜨리고 말았다.

"꼭 네 작품이 완성되길 바란다."

"저를 믿어보세요."

그렇게 작품을 만들기 위해 사투를 벌이던 소년들이 드디어 뭔가를 해냈다는 만족스런 표정을 지었다. 그것은 두 개의 바퀴가 달린 페달이었다. 페달은 매우 거칠고 무뎌보였지만 그래도 제 기능은 발휘할 것 같은 분위기였다.

소년들은 만들어진 바퀴페달을 들고 나가 보트에 장착을 하기 시작했다. 두 개의 바퀴를 보트 중앙의 구멍에 맞춘 쇠막대기를 통해 보트 밖에 단단히 고정시켰다. 그것은 마치 바람개비처럼 돌아갈 것 같았다.

두 소년이 바퀴의 페달을 밟기 시작하자 신기하게도 낡은 보트는 물살을 가로지르며 앞으로 나아갔다. 소년들은 더욱 힘차게 페달을 밟았다.

"봐, 순조롭게 보트가 나아가잖아?"

"그래, 그렇기는 한데 문제는 어떻게 보트의 방향을 바꾸느냐 하는 거지."

"그 점에 대해서도 생각을 해봤지."

발명가가 된 로버트가 말했다. 그는 방향키같이 생긴 물건을 낡은 보트에 고정시켰다. 한 소년은 페달을 밟고 한 소년은 그 방향키를 움직여 진행방향을 바꾸었다. 그러자 낡은 보트는 그들이 원하는 방향으로 순조롭게 나아갔다.

"봐, 이 방법이 노를 젓는 것보다 훨씬 더 낫지 않아?"

"그럼, 노를 젓는 것보다 훨씬 낫지. 봐! 얼마나 빨리 보트가 가는지 말이야."

그날 밤 집으로 돌아온 크리스토퍼는 낮에 있었던 이야기를 식구들에게 말했다.

"로버트가 발명해낸 물건을 만드는 데 저도 도왔어요."

크리스토퍼의 아버지가 말했다.

"거참, 신기하구나! 그런데 왜 사람들이 아직까지 그런 생각을 하지 못 했는지 알 수가 없구나. 허긴 나도 보트에 앉으면 당연히 노를 젓는 걸로 생각하고 있었으니까 말이야."

"아버지, 정말 멋진 일이죠? 로버트와 저는 그 일을 가능하다고 생각했고, 로버트는 그걸 제대로 해낸 거예요."

로버트(Fulton, Robert)는 성인이 되어 친구와 만든 그 페달이 달린 보트를 기억하고, 마침내 수많은 시행착오 끝에 증기선을 발명하는 데 힘썼다. 1807년 그는 외륜식 증기선을 타고 허드슨 강을 거슬러 올라가는 데 성공하였다.

로빈슨 크루소의 모험담

약 이백여 년 전 스코틀랜드에 알렉산더 셀커크라는 젊은이가 살고 있었다. 뱃사람인 그는 싸우기 좋아하고 도무지 예의라고는 찾아볼 수 없어서 이웃들과 불화가 잦았다. 이런 이유로 사람들은 그를 만나기만 하면 피하기 일쑤였다.

어느 날 그가 탄 배가 태평양을 항해하게 되었다. 그곳은 남아메리카에서 640km나 떨어져 있는 먼 곳이었다.

그때 셀커크에게 좋지 않은 사건이 일어났다. 자신의 성질을 자제하지 못했고 다른 선원들은 물론 선장에게까지 대들고 말았다. 셀커크가 이마에 땀을 닦으며 선장과 선원들에게 말했다.

"정말 형편없군. 나는 더 이상 이런 배는 타지 않겠다. 차라리 저 섬에서 혼자 사는 게 백 배 낫겠다!"

그 말을 들은 다른 동료들과 선장이 말했다.

"좋아. 백 번 잘 생각했다. 당신 같은 사람은 저런 조용한 섬에서 혼자 머무는 편이 훨씬 나을 거야. 당신 소원대로 해주지."

셀커크도 웃음을 지으며 그들의 말에 맞장구를 쳤다.

"좋아, 아주 잘됐어!"

다음날 그들은 셀커크가 말한 섬 가까이에 도착했다. 그곳은 울창한 숲들이 바닷가까지 둘러져 있었으며 높은 절벽이 섬 뒤로 드러나 있었다.

"나를 내려주는 건 좋은데, 도대체 저 섬의 이름이 뭔지 말해다오."

"잔 페르난도즈라는 섬이다."

선장이 셀커크에게 섬의 이름을 알려주었다.

"자, 이제 나를 저곳으로 갈 수 있도록 도와주시오. 우선 내가 당분간 살 수 있도록 양식과 연장을 좀 건네주시오. 그 정도면 내가 충분히 저곳에서 잘살 수 있을 것 같으니까."

"좋아, 그렇게 해주지."

선장은 배를 준비하였다. 그 조그만 배에는 셀커크가 몇 주간을 버틸 수 있는 빵과 고기 등의 식량과 도끼, 쟁기, 주전자 등 생필품들이 자질구레하게 들어 있었다. 인정 많은 선장은 미운 선원에게 자신이 할 수 있는 이상의 것들을 해주었다. 그렇게 작은 배는 섬으로 접근했다. 조그만 배는 뭍으로 토해내듯 물건들을 꺼내놓은 후 곧 모선으로 돌아가고 말았다.

이제 셀커크는 자신이 바라던 대로 낯선 섬에 홀로 살게 되었다.

하지만 그는 얼마 후 심한 후회감이 들기 시작했다.

그는 뭍을 벗어나 저 멀리 수평선 한가운데 떠 있는 하나의 점과 같이 보이는 모선에 발을 동동 구르며 신호를 보냈다.

"어이, 친구들, 내가 잘못했다. 어서 돌아오게."

그러나 아무리 발을 굴러보아도 그의 시야에서 곧 배는 자취를 감추고 말았다.

이제 철저히 혼자가 된 것이다. 하지만 그 자리에 주저앉아 있을 수만은 없었다. 우선 자신에게 가장 필요한 것들을 만들고 세우기 시작했다.

그는 심한 폭풍우에도 견딜 수 있는 튼튼한 오두막을 지었고 둘레에 아담한 정원을 꾸몄다. 다행히도 그 섬에는 많은 야생 돼지와 염소들이 살고 있었다. 물고기마저 풍부한 그곳은 먹고 사는데 전혀 지장을 받지 않는 좋은 곳이기도 했다.

그럼에도 더욱 외로움이 밀려들었다. 그것은 정말 심각한 고난이 아닐 수 없었다.

가끔 저 멀리 섬 근처를 지나는 배를 발견하고는 그럴 때마다 필사적으로 신호를 보내 자신의 위치를 알려주었지만 그를 보지 못한 배들은 묵묵히 자신의 길을 갈 뿐이었다.

"내게 하늘에서 내린 행운이 주어지지 않는 한 결코 이 섬을 빠져나갈 수 없을 것이다. 내가 이 섬을 빠져나갈 수 있는 건 사람들의 마음을 움직이는 방법밖에 없다. 그것은 바로 친절이다. 내가 그토록 싫어했던 다정함과 인내인 것이다. 난 그것을 배워야 한다. 그래야만 내가 인간답게 살 수 있게 된다. 여태껏 나는 적만을 만들었지 진정한 친구는 한 번도 만든 적이 없다. 그래서 난 이렇듯 혼자 살게 된 것이다. 이젠 아니다! 과거의 내가 아니다."

그렇게 그는 4년 4개월 동안 섬에서 혼자 살았다. 그러나 그 후의 시간은 그에게 새로운 인생을 전해주었다. 바로 그에게 행운의 배가 다가왔던 것이다.

선장은 셀커크를 기꺼이 맞이해 주었다.

"고생 많이 하셨군요."

"고생은 했지만 제 인생에서 그것도 행운일 겁니다."

드디어 셀커크는 자신의 고향으로 돌아올 수 있게 되었다.

그가 스코틀랜드에 도착하자 그의 소식을 들은 많은 사람들이 몰려들어 무용담을 들려달라며 조르는 것이었다. 졸지에 그는 유명한 인물이 되어갔다.

마침 그때 영국에 다니엘 데포라는 유명한 소설가가 우연찮게 혼자서 몇 년간을 섬에서 보내게 된 셀커크의 이야기를 듣게 되었다. 그는 셀커크를 주제로 소설을 쓰기 시작했는데, 그 소설이 바로 《로빈슨 크루소》이다.

다니엘 데포는 풍자시 《순수한 영국인》으로 선풍적 인기를 차지하고, 58세에 《로빈슨 크루소》를 발표하여, 리얼리즘을 개척한 근대소설의 아버지로 평가되고 있다.

한 치 앞도
모르는 손님

어느 날, 로아노키의 존 랜돌프가 말에 앉아 멀리 떨어진 한 도시를 바라보고 있었다. 낯선 땅이었기에 상당히 조심스럽게 찾아가고 있었다.

밤이 다가오자 존은 하룻밤 묵어갈 수 있을만한 곳을 찾고 있었다.

"피곤하실 텐데 저희 집에서 편히 머무르십시오."

여관 주인은 지친 존을 친절하게 맞아주었다.

물론 여관주인은 존 랜돌프를 익히 알고 있었다. 그래서 늦은 시각이었음에도 불구하고 친절을 베풀 수 있었던 것이다.

주인이 부산을 떤 덕분이었는지 훌륭한 저녁상이 차려졌다. 주인은 식사를 하고 있는 그의 주위를 오가며 정성껏 시중을 들었다. 그럼에도 존은 별 표정 없이 조용히 식사만 할 뿐이었다.

주인은 존이 식사하는 모습을 바라보며 날씨가 어떻다느니, 길은 어떻다느니, 또 농사는 어떻다느니 하는 시시콜콜한 이야기를 건넸으나, 존은 아무 대답 없이 식사만 한 뒤 감사의 인사도 하지 않고 곧바로 잠자리에 들었다.

아침이 되자 간밤의 저녁보다 더한 진수성찬이 차려졌다. 밤을 새워 주인이 존을 위해 준비하였던 것이다.

아침 식사를 마친 존은 길 떠날 준비를 하면서 주인을 불러 하룻밤 숙식비를 지불해 주었다.

존이 말안장에 올라앉아 출발을 하려 하자 여관주인이 존에게 물었다.

"어디로 가시는 길입니까? 랜돌프 선생님."

순간 존이 무뚝뚝하게 주인을 바라보며 말했다.

"어디로 가다니요?"

여관주인이 무뚝뚝한 존에게 다시 물었다.

"제 말씀은 가시는 목적지가 어디신지 궁금해서요."

여관 주인이 무뚝뚝한 존의 태도에 당혹스럽

다는 듯 대답했다. 그런 주인을 바라보며 존이 따지듯 물었다.

"이봐요, 주인장. 나는 당신에게 숙박비를 지불하였습니다. 그렇지요?"

"물론 계산은 다하셨습니다."

"그런데 아직도 내가 당신에게 더 해주어야 될 것이 남았나요? 그 사람 참으로 우스운 사람일세."

"그렇게 생각하셨다면 죄송합니다."

"알면 됐소. 내 말은 당신이 뭔데 내 갈 길을 참견하느냐 말이오?"

존은 주인에게 무안을 주면서 말고삐를 돌려 길을 나섰다. 그러나 얼마가지 않아 더 이상 앞으로 나아갈 수가 없었다. 눈앞에 펼쳐진 여러 갈래의 길 앞에서 어디로 갈지 망설일 수밖에 없었다.

잠시 멈춰 섰던 존은 다시 여관주인에게로 향했다. 여관 주인은 존이 곧 돌아올 것을 알고 있었다는 듯 여전히 문 앞에 서 있었다.

존이 여관주인을 불렀다.

"이봐요, 주인장! 어디로 가야 린치버그로 갈 수 있소?"

여관주인이 기다렸다는 듯 반박했다.

"랜돌프 씨, 선생은 제게 단 한 푼도 빚진 게 없습니다. 그러니까 선생이 가고 싶은 길로 마음대로 가시면 됩니다. 그럼 안녕히 가십시오."

존은 많은 시간을 길에서 허비하다가 린치버그에 도착할 수 있었다. 그 모든 것이 그의 오만함과 무뚝뚝함 때문이었다.

존 랜돌프는 버지니아에 살던 백여 년 전의 사람으로 꽤나 유명한 법률가이며 의장이었다. 그가 유명세를 탄 것은 어디를 가든 드러나는 거만한 자존심과 오만한 태도 때문이었지만 결국 그는 그런 성격 때문에 모든 사람들에게 외면당하는 삶을 살게 되었다.

음악으로 목숨을 구한 음악가

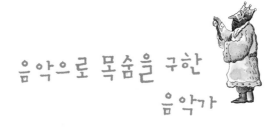

코린스라는 도시에 유명한 음악가 아리온이 살고
있었다. 그 어떤 음악가도 아리온이 연주하는 수금솜씨에 빗댈 수
가 없었다.

그가 수금을 연주하면서 청아한 목소리로 노래를 부르는 모습은
그야말로 천상의 모습이라는 극찬을 받았다.

아리온은 왕의 친구였다. 그래서 백성들은 왕과 함께 아리온의
달콤한 음악을 온 마음으로 사랑하였다.

어느 여름 날, 아리온은 이태리로 순회 음악회를 떠났다. 전 세계
에 알려진 아리온의 명성은 이태리에서도 식을 줄 몰랐다. 많은 사
람들이 그의 음악을 듣기 위해 멀리서 연주장으로 몰려들었다.

그렇게 여러 도시를 순회한 아리온은 많은 돈을 손에 넣을 수 있

었다. 순회공연을 마친 아리온은 이태리를 떠나 코린스로 돌아갈 수 있는 배를 전세 냈고 이윽고 아리온만을 위한 배가 준비되었다.

그 배의 선장은 아주 파렴치한 사기꾼이었다. 그는 아리온이 순회공연을 마치고 많은 돈을 지니고 있다는 것을 알고 선원들과 함께 부두에 대기하고 있었던 것이다.

배가 항해를 시작하고 얼마 뒤, 바다 한가운데에 이르자 그들의 정체가 드러났다.

"어떠냐? 내 작전이. 저놈을 바다 한가운데에 밀어 넣으면 그 누구도 알 수 없을 것이다. 우린 저 놈이 가지고 있는 돈만 챙기면 되는 거다."

만약 아리온을 살려두게 되면 그가 그의 친구인 왕과 함께 이 세상을 다 뒤져서라도 자신들을 찾아낼 것을 두려워하고 있었던 것이다.

아리온을 바다에 내던지려는 음모를 꾸민 선장이 아리온에게 말했다.

"네가 세상 누구보다 부자인 걸 알고 있다. 너는 그 어떤 것이든 손에 넣을 수 있지. 하지만 지금의 네 생명은 내 손안에 있다는 걸 알아야 할 것이다."

선장과 선원들이 아리온의 주위를 에워싸기 시작했다. 아리온은 그들의 의도를 단숨에 알아챌 수 있었다.

"우린 불행하게도 너에게 더 이상의 시간을 줄 수 없다. 자! 네 스스로 바닷물로 뛰어내리겠느냐 아니면 스스로 심장에 칼을 박고 죽겠느냐. 선택하라."

"물로 뛰어드는 걸 택하겠소. 그러나 마지막 부탁이 있소. 내게 죽음을 선택할 기회를 주었듯이 마지막 가는 길에 자비를 베풀어 한 번만 노래를 부를 수 있게 해주시오. 노래가 끝나는 대로 바닷물로 뛰어내리겠소."

선장과 선원들은 기꺼이 부탁을 들어주었다.

"좋다. 당대의 유명한 네 노래를 마지막으로 듣는 것도 큰 영광이 아닐 수 없다."

드디어 아리온은 갑판에 서서 선원들을 바라보며 노래를 부르기 시작했다. 그가 연주하는 수금소리는 바람을 타고 온 천지를 진동하는 것 같았다. 잔잔하고 부드러우며 여인의 숨결처럼 달콤한 그의 연주와 노래가 모든 선원들의 심금을 울렸다. 아리온은 자신의 약속을 지키겠다는 듯 노래가 끝나자마자 바다로 몸을 던지고 말았다.

아리온이 죽었다고 생각한 선원들은 마음이 가벼웠다. 그들은 아리온이 남긴 많은 돈을 선장과 나눠가졌다.

코린스로 돌아온 선장과 선원들은 저 멀리서 왕의 사신이 기다리고 있는 모습을 발견하였다.

"저자들이 왜 기다리고 있을까?"

사신들은 그들이 도착하자마자 궁으로 데려갔다.

왕이 물었다.

"당신들이 지금 이태리에서 건너온 사람들인가?"

"예, 그러하옵니다."

"그럼 내 친구, 아리온에 대해 알고 있겠지? 혹시 그 배에 타지 않았던가?"

"절대로 아닙니다. 물론 이태리에서 그를 보았습니다만 저희 배는 타지 않았습니다."

그들이 힘겹게 거짓말을 하는 동안 문이 열리면서 아리온이 바닷물로 뛰어들 때 그 모습으로 나타났다. 그들은 크게 놀라지 않을 수 없었다.

"우리가 지금 귀신을 보는 건가?"

"설마 아리온은 아니겠지! 설사 그가 살아났다 해도 우리보다 빨리 도착할 수는 없어."

하지만 그들은 자신들 앞에 분명히 살아있는 아리온을 바라보며 왕에게 자신들의 범죄를 자백했다.

바닷물에 뛰어든 아리온이 어떻게 살아남을 수 있었을까?

이 오래된 설화를 쓴 작가는 돌고래들이 그의 노래를 듣고 따라왔다가 그를 등에 업고 코린스까지 데려다주었다고 한다.

또 어떤 사람들은 아리온을 구한 게 돌고래가 아니라 수영에 자신이 있던 아리온이 바다로 뛰어내려 헤엄치던 중 다른 배를 만나게 되어 코린스로 돌아올 수 있었다고도 한다.

아무튼 당신이 세상의 선과 정의를 좋아하는 사람이라면 이 이야기를 믿을 수 있을 것이다. 아리온이란 이름은 정말 당대 최고의 음악가로 지금까지 기억되고 있으니까 말이다.

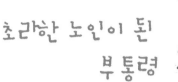

초라한 노인이 된 부통령

존 애덤스가 대통령이고 토마스 제퍼슨이 부통령으로 있던 미국에서의 일이었다. 그 당시엔 세상 그 어디에도 철도 시설이 갖추어져 있지 않았다. 그래서 사람들이 여행을 하거나 볼일이 있어 다른 도시로 가게 되면 이동수단은 오로지 걷지 않으면 말을 타는 것이었다. 말을 탈 때도 말안장에 커다란 가방을 매달지 않으면 안 되었다.

진흙과 모래 바람에 노출된 채 길을 가야하기 때문에 여행객의 몰골은 그야말로 물에 빠진 지저분한 생쥐 꼴이 되는 것이 당연했다.

어느 날 한 모텔 안에서 사람들이 편안히 앉아 밖을 내다보고 있었다. 그때 지저분하고 초라해 보이는 사람이 모텔 쪽으로 다가오고 있었다.

말을 탄 그는 아주 천천히 들어섰다. 그와 말은 진흙과 먼지로 범벅이 되어 있었다.

"저기 웬 가죽만 남은 바다거북 같은 노인이 오고 있군."

한 남자가 말을 탄 사람을 비웃자 다른 사람도 맞장구를 쳤다.

"정말 고생을 많이 한 모양이야. 저런 사람을 받아줄 모텔은 이곳에 없을 걸."

이윽고 여행객이 다가와 자신을 비웃는 듯한 눈길로 쳐다보고 있는 모텔 주인에게 방을 달라고 했다.

"방 하나만 좀 주시겠소? 힘든 길을 와서 좀 쉬고 싶군요."

편의 시설이 제대로 갖추어진 일급 모텔임을 자랑하던 주인이었다. 주인은 당연히 그 여행객을 꺼려할 수밖에 없었다. 주인은 핑계를 댔다.

"미안하지만 모텔에 방이 없습니다. 물론 하나는 있지요. 바로 헛간입니다."

그를 쫓아내고 싶은 주인은 그 말에 여행객이 돌아설 줄 알았다. 하지만 여행객은 그 헛간도 좋다고 했다.

"그러면 거기라도 주십시오. 일단 좀 쉬고 싶으니까요. 나를 찾는 사람이 물으면 모텔 헛간에 있다고 전해 주시오."

이 말을 마친 여행객은 말을 끌고 헛간으로 갔다.

그렇게 한 시간이 지난 후 정장을 한 신사가 모텔 안으로 들어서며 말했다.

"제퍼슨 씨를 만나러 왔소."

그 말을 들은 주인은 침을 꼴깍 삼키며 몸을 일으켰다.

"아니 선생님, 제퍼슨 씨라니요?"

"제퍼슨 씨를 모르시오? 미합중국 부통령 말이오."

"알다마다요. 그분이 이곳으로 오셨답니까? 하지만 우리 모텔엔 오시지 않았습니다."

"아니오. 그분은 분명 여기서 기다린다고 하셨소. 잘 생각해보시오. 이미 한 시간 전에 이곳에 도착했다는 소식을 들었단 말이오. 어서 안내하시오."

"아닙니다. 절대로 그런 분은 오시지 않았습니다. 그분이 오셨다면 왜 제가 이곳에 이렇듯 한가하게 있겠습니까? 물론 그 시각에 한 사람이 모텔 안으로 들어오긴 왔지요. 그러나 그 사람은 초라하고 지저분한 노인입니다."

"그분의 머리가 갈색이 아니오? 그리고 회색 말을 타셨고?"

"예, 그 노인의 키는 큰 편이었고 회색 말을 타고 오긴 했지요."

"여보시오 주인장, 그분이 바로 제퍼슨 부통령이오."

그 말을 들은 주인은 놀랄 수밖에 없었다.

"맙소사! 그분이 바로 부통령이라니요? 어서 모셔오겠습니다."

주인은 바로 옆에 있던 종업원에게 어서 서둘 것을 재촉했다.

"어서 특실에다 불을 지피고 최고급 음식을 준비해. 그러나저러나 내가 무슨 얼굴로 그분을 뵐 수 있단 말인가!"

헛간으로 달려간 주인은 제퍼슨이 그곳에 없음을 알았다. 마을의 모텔을 뒤지던 주인은 잠시 후 다른 모텔 객실에 앉아 있는 부통령을 찾을 수 있었다. 주인이 그 앞에 무릎을 꿇었다.

"부통령님, 이렇듯 저의 실수에 용서를 구하며 다시 모시러 왔습니다. 고귀하신 부통령님의 모습이 진흙과 먼지로 가려져 있어서 알아볼 수가 없었습니다. 정말 비천한 노인으로밖에 생각하지 않을 수 없었습니다. 다시 한 번 용서를 구합니다. 지금 모텔로 가시게 된다면 세상 제일의 서비스를 받으실 수 있습니다."

제퍼슨이 주인을 바라보며 한 마디로 말했다.

"아니오. 그만 되었소."

"죄송합니다. 다시 한 번 생각해주십시오."

"이보시오, 주인장, 이 세상을 열심히 살고 삶의 마지막 자리에 있는 노인들이라면 그 어떤 사람들보다 고귀한 사람들이오. 그곳에 그들을 위한 방이 없다면 내가 쉴 방도 없는 거라오. 그러니 그 모텔 엔 내가 쉴 곳이 없다는 얘기요. 그만 돌아가시오."

토마스 제퍼슨은 미국의 정치가이며 교육자이고 철학자이다. 변호사로 활동하다가 독립선언문 기초 위원이 되었고, 1796년 미국 부통령으로 활동하다가 1800년 그의 나이 58세에 미국 제3대 대통령으로 당선되었다.

로마를 구한 장군의 어머니

그 옛날 로마가 강성대국으로 부흥하기 전 어느 해 여름은 유난히 가물어서 주식이던 옥수수 농사를 망치고 말았다. 그 도시에는 그 어디에도 빵이 있을 수 없었고 모든 시민들이 굶어 죽을 판이었다.

그러던 어느 날, 기적과 같은 일이 일어났다. 이웃 나라에서 옥수수를 가득 실은 커다란 배를 보내왔다. 그만한 양이면 모든 시민들이 배불리 먹을 수 있는 양이었다.

로마의 통치자들이 모여 그 옥수수를 시민들에게 어떻게 나누어 줄 것인지를 회의하였다.

"일단 가난한 사람들 위주로 옥수수를 나눠주되, 더욱 굶주린 사람들을 먼저 보살핍시다."

또 다른 통치자가 말했다.

"이 도시에 살고 있는 시민들 모두에게 균등하게 나누어주어야 합니다."

그러나 한 통치자가 반대하고 나섰다. 그는 코리오라는 사람으로 풍요롭게 사는 사람이었다.

"귀한 양식을 시민들에게 그대로 나누어주면 안 됩니다. 아무리 가물었다고 해도 그들이 게을렀기 때문에 지금과 같은 상황이 생긴 겁니다. 만일 최선을 다해 일을 했더라면 어떤 가뭄이라고 해도 능히 극복했을 것입니다. 이번에 옥수수를 나누어 준다면 다음에는 더 많은 것을 원할 것입니다."

그의 말을 들은 시민들은 화가 나서 외치기 시작했다.

"저자는 로마 시민이 아니다. 저자는 지극히 이기적이며 정의를 모르는 자이다."

"맞다. 저자는 가난한 사람들의 적이다. 이제야 본색을 드러내는 것이다. 저자를 죽여야 우리가 산다. 놈을 죽여라!"

화가 난 시민들이 그를 죽이라고 외치며 거리로 몰려들었다. 그러나 그들은 코리오를 죽이지는 못했다. 대신 사람들은 그를 도시 외곽으로 끌고 나가 다시는 로마로 들어오지 못하게 하였다.

코리오는 로마에서 그리 멀지 않은 안티엄이란 나라로 발걸음을 돌렸다.

안티엄은 로마의 적국이었기에 두 나라 간엔 싸움이 잦았다. 안티엄인들은 코리오에게 귀환한 적의 장수로서의 대접을 해주었다.

코리오는 로마에 대한 복수를 다짐했다.

"내가 살아 있는 한 너희들은 반드시 대가를 치르게 될 것이다."

그는 힘을 키워 막강한 군대의 대장이 되었고 이웃 나라에 원조를 요청하여 로마를 향해 진군나팔을 울리며 전진했다.

안티엄 군인들은 로마의 마을이나 농장에 불을 질러 잿더미로 만들어 버렸다. 이제 로마는 공포의 도시가 되어버렸다.

"이제 그만 항복하라. 내 뜻대로 한다면 나는 로마인들을 다치게 하지 않을 것이다. 하지만 그러지 않는다면 이 도시를 불바다로 만들 수밖에 없다."

코리오의 말에 로마의 통치자들이 말했다.

"우리에게 생각할 시간을 주시오."

"그렇다면 나는 너희들에게 3일의 시간을 주겠다. 그 시간이면 충분할 것이다."

코리오는 그들에게 자신의 요구사항을 전달했고 그의 말을 전해 들은 로마인들은 기가 막힌다는 듯 수군거렸다.

"그의 말을 수용하느니 차라리 죽고 말겠다."

그러나 약속기한인 3일이 지나고 네 명의 통치자들이 나와 코리오에게 무릎을 꿇고 로마인들을 살려달라며 애원하였다. 그러나 코리오는 냉정했다.

코리오의 거절에 네 명의 통치자들은 자신들이 아무리 애원해도 결코 효과가 없으리란 걸 깨닫게 되었다.

다음날도 모든 통치자들과 성직자들이 나와 자비를 구했다. 그들은 소매가 긴 의복을 입고 예의를 갖추어 인사를 올렸다. 그럼에도 코리오의 군대는 철수하지 않았다.

다음날, 코리오는 안티엄의 대군을 이끌고 전투태세를 취했다. 곧 로마시를 모두 불태울 기세였다.

로마인들은 경악했다. 그들은 죽음보다 더한 절망을 맞이하고 있었던 것이다.

한 통치자가 절망적인 표정으로 힘없이 말했다.

"아직 한 가닥 희망은 있다. 그가 살던 집에 그의 어머니와 아내, 그리고 아들들이 있다. 그들에게 코리오의 마음을 돌리도록 부탁해 보자. 아무리 포악하다 해도 조국과 어머니는 등질 수 없는 법이다. 그것만이 현재의 로마를 구할 수 있는 길이다."

두 여인은 기꺼이 그 예전, 자신의 자식이자 남편인 코리오를 만나러 갔다. 그녀들은 그의 어린 아들들을 이끌었고 그 뒤로 로마의 모든 여인들이 뒤를 따랐다.

그때 코리오는 자신의 숙소 안에 있었다. 잠시 후 그는 그의 어머니와 아내, 어린 아들들을 볼 수 있었다. 그들을 본 그는 반가움이 밀려들었지만 곧 그들이 로마의 심부름꾼인 걸 알게 되었다.

그의 표정이 굳어졌다. 그의 어머니는 그를 설득하기에 최선을 다했고 그의 아내 또한 사랑의 자비를 구하며 눈물을 흘렸다. 어린 아들들 역시 나름대로 아버지의 무릎에 매달려 애걸했다.

마침내 코리오가 말했다.

"어머니, 어머니는 당신의 나라를 구하셨습니다. 그러나 어머니는 당신의 아들을 잃고 말았습니다."

이렇게 말한 그는 안티엄으로 회군하라는 명령을 내렸다.

그렇게 로마는 구출되었다. 그러나 코리오는 그의 고향인 로마로 돌아가지 않았다. 그의 어머니에게도, 아내에게도, 아들에게도 말이다.

독약을 간별하는
지혜로운 왕자

1. 왕의 손자 사랑

페르시아의 한 왕국에 싸이러스라는 어린 왕자가 살고 있었다. 하지만 어린 왕자는 다른 왕자들처럼 거만하거나 부모의 속을 상하게 하지 않았다. 어린 나이에도 불구하고 예의범절이 매우 바른 소년이었다.

싸이러스는 아버지가 왕인데도 불구하고 평범한 가정의 소년들처럼 교육을 받았다. 그는 그 누구의 도움 없이도 모든 일을 혼자 해냈다. 먹는 것도 기름진 음식이 아닌 서민들이 먹는 음식을 먹었으며, 잠도 딱딱한 침대에서 잤다. 그는 가난한 이웃들의 배고픔과 추위를 함께 하며 자랐다.

싸이러스가 열두 살이 되던 해 어머니와 함께 미디아에 살고 있는 할아버지를 방문했다. 아스티에이지란 이름을 가진 그의 할아버지 역시 왕이었다. 그는 많은 부를 지녔고 그에 걸맞은 막강한 힘을 지닌 인물이었다.

아스티에이지 왕은 비록 어른은 아니었지만 키가 크고 튼튼한 데다 잘생기기까지 한 싸이러스를 무척 아끼고 자랑스러워했다. 그는 손자를 그의 곁에 머물게 하면서 교육시키고 싶어서 손자의 마음을 잡으려고 온갖 귀한 선물을 주었다.

어느 날 아스티에이지 왕은 손자를 위해 커다란 선물을 준비했다. 그것은 싸이러스에게는 큰 추억이 될 만큼의 귀한 만찬이었다. 그는 손자에게 최고의 순간이 될 것을 확신했다. 싸이러스는 주인공이 되어 초대하고 싶은 친구들을 연회장으로 초대할 수 있게 되었다.

이윽고 손자를 위해 마련된 테이블 위에 온갖 귀한 진수성찬이 차려졌다. 그리고 분위기에 맞는 음악이 준비되었다. 모든 준비가 끝이 났고 즐거운 연회의 시간이 다가오고 있었다. 멋진 유니폼을

입은 수많은 시종들이 대기했다. 많은 연주자들과 무희들도 대기하고 있었다. 그러나 시간이 다가와도 단 한 명의 초대 손님도 나타나지 않았다.

아스티에이지 왕이 손자에게 물었다.

"애야, 왜 아무도 안 오는 거지? 연회준비가 다 끝났는데도 아무도 나타나지 않으니 답답하구나."

싸이러스는 미소를 지으며 할아버지에게 말했다.

"할아버지, 아무도 오지 않을 겁니다. 저는 그 누구도 초대하지 않았으니까요. 제가 사는 페르시아엔 그 누구도 이런 연회를 즐길 만한 사람이 없습니다. 만약 어떤 사람이 굶주리고 있다면 그에게 약간의 빵과 음식만 주면 됩니다. 그런 모든 친구들에게 이런 훌륭한 음식을 대접한다는 건 너무나 많은 비용이 들기 때문에 사실 불가능한 일입니다. 솔직히 이런 음식들은 그들에게 맞는 음식이 아닙니다."

이 말을 들은 할아버지는 기뻐해야 될지 슬퍼해야 될지 분간이 되지 않았다. 마침내 그가 물었다.

"잘 알았다. 싸이러스. 그러나 네가 알아야 할 것은 이 모든 음식들과 만찬은 오로지 너를 위해 마련된 것이란다. 그럼 너는 이것들을 어쩔 생각이냐?"

"그것은 간단합니다. 다른 사람들에게 나누어주면 되지요."

그리하여 차려진 음식을 자신에게 말 타는 법을 가르쳐 준 한 신하에게 주었다. 또 할아버지를 시중드는 나이 많은 신하에게 선사했다. 그리고 나머지는 그의 어머니를 돌보고 있던 시녀들에게 나누어주었다.

2. 왕자의 도전정신

그러나 왕의 시중을 들던 사르카스에게는 음식을 조금도 나누어주지 않았다. 왕은 손자가 왜 그에게는 음식을 조금도 나누어주지 않는지 의아했다.

"싸이러스, 왜 사르카스에겐 음식을 나누어주지 않았지?"

싸이러스가 이상하게 여기는 할아버지의 말에 대답했다.

"할아버지, 저는 그가 싫습니다. 그는 매우 거만하고 경솔한 사람입니다. 그는 할아버지를 시중드는 걸 최고로 여기는 사람이니까요."

"그는 그런 사람이란다. 하지만 그는 매우 능숙하게 술을 따르는 대단한 사람이란다. 그래서 내가 그를 아끼는 거란다. 궁궐엔 술 따르는 법도가 매우 중요하단다. 초대된 손님들의 기분이 그에 의해 좌우되니 정말 대단한 일 아니겠니?"

"아마도 그럴 겁니다. 그러나 만일 저에게 내일 그와 같이 술 따르는 일을 시키신다면 저는 그보다 더 잘할 자신이 있습니다."

손자의 말을 들은 아스티에이지 왕은 빙그레 미소를 지었다. 그가 손자를 아끼는 이유가 바로 여기에 있었다. 현명하고 무엇이든 직접 해보길 원하는 손자를 미워할 할아버지는 세상에 없었다.

"좋다. 싸이러스, 네가 하는 걸 보고 싶구나. 내일 나는 너를 왕의 술시중 드는 사람으로 임명한다.

3. 지혜로운 왕자

싸이러스는 단시간에 술 따르는 법도를 익혀 할아버지가 만족할 수 있도록 몸가짐을 바로 해야 했다. 그는 격식을 차린 의복을 입고 품위를 유지한 채 우아한 태도로 왕이 자리하고 있는 홀을 누비며 술을 따랐다.

싸이러스는 흰 냅킨을 팔에 끼고 세 손가락을 이용해 조용히 술잔을 기울였다.

그의 태도는 거의 완벽했다. 이제까지 술시중을 들던 거만한 사르카스는 싸이러스에 비해 너무 보잘것없는 존재가 되고 말았다.

"잘했다, 싸이러스. 정말 잘했다!"

싸이러스의 어머니가 자랑스럽게 소리쳤다. 그녀의 눈에는 아들에 대한 자긍심으로 기쁨의 미소가 번졌다. 할아버지 역시 싸이러스에게 칭찬을 아끼지 않았다.

"정말 잘해냈구나. 세상에서 네가 제일로 시중을 잘 드는 것 같구나. 장하다, 싸이러스. 하지만 너는 중대한 실수를 했단다. 술 시중 드는 사람들에겐 엄격한 법도가 존재한단다. 그 중 하나가 바로 내 잔에 술을 따르기 전에 다른 잔에 조금 부어 맛을 보는 거란다. 너는

그것을 잊었구나. 사실 그것이 가장 중요한 거란다."

"할아버지, 정말 중요한 걸 잊었습니다. 다음부터는 절대로 잊지 않겠습니다."

싸이러스는 할아버지에게 미안해하며 굳은 결심을 했다. 그 모습을 지켜보던 그의 어머니가 물었다.

"그런데 싸이러스, 너는 분명히 알고 있었을 텐데 왜 그렇게 하지 않았지?"

"왜냐하면 어머니, 그 잔에 독이 들어 있어서였기 때문입니다."

그 말을 들은 아스티에이지 왕이 크게 놀라 소리쳤다.

"뭐라고? 독약이라고?"

"예, 할아버지. 독약이 들어 있었습니다. 그 어느 날이었습니다. 할아버지가 신하들과 함께 저녁 식사를 하고 계셨습니다. 저는 할아버지가 드시고 있던 잔이 이상하다는 걸 깨달았지요. 조금 후 다른 손님들도 잔속의 그것을 조금 마셨습니다. 그것을 마신 그들은 이상하게 변해가며 크게 떠들고 노래를 불러댔습니다. 그리고 곧바로 골아 떨어졌지요. 할아버지 역시 당신이 왕이란 사실을 잊고 떠들며 웃고 계셨습니다. 할아버지는 체통은커녕 홀 중앙으로 나가 춤을 추며 껄껄거리며 웃으셨어요. 사람의 혼을 빼내어 그렇게 천하게 만드니 그것이 분명 독약이라고 생각했습니다."

할아버지는 무슨 말을 해야 될지 난감한 표정을 지었다.

"그 점에 대해선 할 말이 없구나. 하지만 너는 네 아버지도 나처럼 그 독약을 마시고 행동하는 경우를 보지 못했다는 것이냐?"

"저는 아버지가 그러시는 걸 본 적이 없습니다. 아버지는 기분 좋게 술을 마실 뿐입니다. 절대로 과한 법이 없지요. 단지 예의상 마셨을 뿐입니다. 저는 그것이 독약이 될 수 없음을 알고 있습니다."

기특한 손자의 말을 듣고 있던 할아버지는 빙그레 웃으면서 머리를 쓰다듬어 주었다.

"이 할아버지는 너를 봐서라도 앞으로 결코 독약을 마시지 않을 거란다. 그냥 사람을 기분 좋게 만드는 술만을 마실 작정이란다."

어느새 싸이러스는 어른이 되었고 자신의 아버지를 이어받아 왕위에 올랐다. 그는 매우 현명하며 강력함을 지닌 군주가 되었고 선정을 베풀며 당시 그 어떤 나라보다 더욱 강성한 나라를 만들었다.

왕의 지혜로운 판결

알렉산더는 자신의 군대를 이끌고 수많은 나라를 침략해 도시와 마을을 불태웠으며 수십만의 무고한 병사들을 죽였다.

마침내 서쪽 끝으로 들어선 그는 단 한 번도 들어본 적이 없는 땅으로 들어섰다. 그곳 사람들은 전쟁이란 말의 정의조차 몰랐고 당연히 정복이란 말 자체도 알지 못했다.

그럼에도 그들은 풍족하게 삶을 영위하고 있었다. 아무리 봐도 그들이 세상에서 제일 마음 편하게 살아가고 있는 사람들 같았다.

그곳의 통치자는 사이라는 왕이었다. 사이는 알렉산더를 환영하며 자신의 나라를 방문해준 것에 고마워했다.

"우린 진심으로 대왕님의 방문을 환영하는 바입니다."

그는 위대한 왕을 자신의 궁궐로 초청하였다. 그리하여 알렉산

더를 비롯한 정복자들은 식탁에 앉아 음식이 나오기를 기다리고 있었다.

얼마 후 한상 가득 차려진 음식들이 모두 금으로 만들어진 사실을 발견하고는 깜짝 놀랐다.

"아니, 어느 궁궐에도 금은 있을 수 있소만, 이렇게 먹을 음식들이 금으로 된 경우는 처음 보았소. 그렇다면 당신들은 금을 먹는다는 말이오?"

사이 왕이 알렉산더에게 고개를 숙이며 정중하게 말했다.

"아닙니다. 우리나라 사람들 모두는 평범한 음식만을 먹고 있습니다."

"아니, 그러면 우리들은 금을 먹고 죽으라는 소리요?"

사이 왕이 다시 고개를 숙이며 말했다.

"오해는 마십시오! 대왕이시여, 평범한 음식을 먹고 있는 저희들이지만, 들리는 소문에 의하면 대왕의 부하들은 금만 보면 욕심이 생겨 당장 가지고 돌아간다고 하더군요. 그래서 저희는 그 금을 준비했던 겁니다."

그 말에 알렉산더가 두 손을 흔들며 고개를 저었다.

"우리는 금 때문에 이곳으로 온 것이 아니라 이 나라 사람들에게 법도를 가르쳐주려고 왔을 뿐이오."

그 말을 들은 사이 왕이 공손하게 대답했다.

"잘 알겠습니다. 그렇다면 이곳에서 당분간 머물러 계시며 법도를 가르쳐 주십시오."

두 왕이 이런저런 이야기를 나누고 있을 때, 시골 농부 두 사람이 사이 왕을 찾았다.

한 농부가 왕에게 말했다.

"오, 위대한 왕이시여, 저희들의 문제를 해결해 주십사 하고 왔습니다."

"무슨 일인지 어서 말해 보거라."

"예, 저는 얼마 전에 이웃에 사는 이 사람에게 밭을 사게 되었습니다. 저는 대금을 지불하고 그 밭을 일구고 있었습니다. 그런데 그 밭에서 금이 가득 든 보물 상자 하나를 캐내게 되었습니다. 저는 이 사람에게서 땅만을 샀을 뿐 보물까지는 사지 않았습니다. 그래서 저는 보물 상자를 원래 주인인 이 사람에게 주었습니다. 그런데 이 사람이 끝내 받기를 거절하기에 폐하께서 현명한 판단을 내려주십사 하고 왔습니다."

같이 온 다른 농부가 사이 왕에게 말했다.

"이 사람의 말은 사실입니다. 제가 분명 밭을 팔았습니다. 그러나 저는 그 땅에 이런 보물이 있는지 몰랐었습니다. 그러니까 이 보물은 제 것이 아니기에 받기를 거절했습니다."

두 사람의 말을 가만히 듣고 있던 사이 왕은 잠시 후 한 농부에게 물었다.

"그대에게 아들이 있는가?"

"예, 아들놈이 하나 있습니다."

사이 왕이 몸을 돌려 다른 농부에게 물었다.

"그대에게 딸이 있는가?"

"예, 분명 딸이 있습니다."

"좋아, 그렇다면 이게 내 판결이다. 너희들의 딸과 아들을 혼인 시키도록 하라. 그리고 너희들이 동의한다면 이 보물을 그 아이들에게 주도록 하라."

사이 왕의 판결을 지켜보던 알렉산더는 그 판결에 대단한 흥미를 느끼게 되었다.

"듣고 보니 당신의 판결은 현명하며 공정한 듯싶군요. 그러나 우리나라에선 절대로 이런 판결을 내리지 않습니다."

"대왕께서는 이럴 경우 어떤 판결을 내리시는지요?"

"우리는 일단 두 사람을 감옥에 보내버립니다. 그리고 금을 왕에게 바치도록 하지요."

그 말을 들은 사이 왕은 표정이 굳어지며 말도 안 된다는 듯 자리를 박찼다.

"아니, 세상에 그런 경우가 어디 있습니까?"

"그런 걸 우리는 법도라고 부르지요."

"정말 황당하군요. 대왕님의 나라에도 햇볕이 드는지요?"

"물론 쨍쨍하게 들지요."

"그렇다면 그곳에 비도 내리는지요?"

"오, 물론이지요."

"역시 그렇군요! 그렇다면 많은 동물들이 살고 있겠지요? 대왕님의 궁전에도요."

"많이 있습니다. 귀여운 동물들이 아주 많이 살지요."

"그렇습니다. 대왕님의 나라도 분명 사람이 사는 곳인 데 어찌 햇볕을 가리고 비가 내리지 못하게 하는 것이 법도라고 하는 지 알 수가 없습니다."

알렉산더 대왕은 마케도니아의 왕으로 그리스, 페르시아, 인도에 이르는 대제국을 건설하였으며, 그리스 문화와 오리엔트 문화를 융합시킨 새로운 헬레니즘 문화를 이룩하였다.

어려움을 극복한 왕

　　로버트 부르스 왕은 영국의 전쟁에서 수많은 적들과 격렬한 싸움을 했다. 수적으로 우세하지 못했던 그의 병력들은 적들의 공격으로 그만 뿔뿔이 흩어져 낙오병으로 전락되고 말았고 수많은 병사들이 적에게 죽거나 사로잡혔다.

　　왕 또한 모든 병력을 잃고 그만 혼자서 숲 속을 헤치며 사냥개까지 동원한 적들의 추격을 피할 수밖에 없었다. 그렇게 오랫동안 거친 숲 속과 위험한 산길을 헤매며 강을 건너고 산을 넘다가 낙오병이 된 병사들 서넛을 만나 해후하기도 했다. 그러나 무리를 지어 도망가다가 발각이 되어 다시 흩어지는 운명이 되곤 하였다.

　　어느 늦은 밤, 왕은 한 계곡의 농장을 발견하고 안으로 들어섰다. 몸을 사릴 수밖에 없던 왕은 기척도 없이 안으로 들어섰다.

부르스 왕은 난롯가에서 혼자 뜨개질을 하고 있는 여인을 발견했다. 여인은 급하게 들어선 남자를 보고도 그다지 당황하지 않았다.

"이렇게 불쑥 들어와 죄송합니다. 보다시피 이 가여운 여행객에게 하룻밤 쉴 수 있는 잠자리를 주실 수 있는지요."

여인이 왕의 행색을 살피며 난롯가에서 일어났다.

"그러시지요. 상당히 지치신 것 같은데…. 우리도 한 사람을 기다리고 있었습니다. 당신 역시 그분과 같은 처지일 테니 기꺼이 환영합니다. 편히 쉬세요. 곧 음식을 준비하겠습니다."

"감사합니다. 그런데 기다리고 있는 한 사람이라니요?"

"예, 우리가 믿고 있는 멋진 왕이지요. 바로 로버트 부르스 왕입니다. 그분은 진정으로 이 나라의 훌륭한 왕이십니다. 그런데 그분은 지금 가엾게도 적들에게 쫓기고 계십니다. 그렇지만 저는 그분이 우리 스코틀랜드를 완전히 해방시키는 위대한 왕이 될 것을 믿습니다."

왕은 아무런 내색도 하지 않고 그녀에게 물었다.

"언제부터 그렇게 부르스 왕을 믿게 되었지요? 내가 바로 로버트 부르스요."

여인은 소스라치게 놀라 무릎을 꿇었다.

"오, 신이시여! 정녕 저희가 기다리던 그분이 나타나셨습니다! 그런데 아무도 보좌하는 사람 없이 이렇듯 홀로 계시는군요!"

"그렇게 됐습니다. 병사들은 모두 뿔뿔이 흩어졌지요."

"그건 옳지 않습니다. 대왕님께서 홀로 계신다는 것은 있을 수 없

는 일입니다.”

충성스럽고 용감한 여인은 두 주먹을 움켜쥐었다.

“제겐 용감하고 튼튼한 두 아들이 있습니다. 그 아이들을 호위병으로 삼으시고, 무슨 일이든 명령만 내리십시오.”

여인은 곧 두 아들을 왕에게 데리고 왔다. 여인의 말대로 두 아들은 큰 키에 강인한 몸을 지닌 전사들처럼 보였다. 왕 앞에서 충성의 예의를 갖춘 두 아들은 기꺼이 왕의 진정한 병사가 되기를 원했다.

“이제 마음 놓으십시오. 저희의 죽음이 아닌 이상 대왕님께서는 결코 적들로부터 위험한 상황을 맞이할 일은 없을 것입니다.”

마음이 놓인 왕은 불가에 앉아 피곤한 심신을 달랬고, 여인은 부지런히 손을 놀려 음식을 장만했다. 그리고 두 아들은 활과 화살을 다듬으며 위험할 사태에 대비했다.

그때 밖에서 큰소리가 터져 나왔다. 안에서 듣기로도 중무장한 기마병들이 말 위에서 누군가를 찾고 있는 듯하였다.

여인의 큰아들이 들어오며 소리쳤다.

“저들은 영국 사람들입니다! 어서 피하십시오!”

비장한 표정의 어머니가 아들들을 격려했다.

“내 아들들아, 훌륭하신 대왕님을 모시고 최선

을 다해 싸워라. 너희들의 목숨을 바쳐서라도 대왕님을 보호해야 한다. 지금 너희들은 최후의 용사들이다!"

어머니도 무기가 될만한 창을 하나 들고 나왔다.

두 젊은이가 왕을 둘러싸며 칼을 뽑아들고 있을 때 큰소리가 들렸다.

"이곳 사람들 중 로버트 부르스 왕이 이 길로 지나간 것을 본 사람이 있는가?"

그 목소리를 들은 왕이 두 젊은이를 제지했다.

"저 목소리는 에드워드의 목소리가 아닌가! 저들은 적이 아니라 내 병사들일세."

왕이 문을 열자 용감무쌍한 백여 명의 병사들이 무릎을 꿇었다. 그들은 두 아들처럼 왕을 위해 죽기를 각오한 사람들이었다. 그 모습을 본 왕의 눈가에 눈물이 비쳤다.

왕은 그들에게서 적들이 끝까지 자신을 추격하고 있다는 이야기를 들었다.

"대왕님, 약 이백 명의 병사들이 저 아랫마을에서 대왕님을 뒤쫓고 있습니다. 그들은 오늘밤 그곳에서 머물게 될 예정인데, 저희들이 이곳에 있다는 사실을 눈치 채지 못한 것 같습니다. 명령만 내리신다면 당장 저들을 물리치겠습니다."

"좋다, 어서들 말에 오르라!"

몇 분 후 그들은 천천히 말을 몰아 조심스레 마을로 접근했다. 그리고 그들은 적군을 전멸시켰다.

그 후로 로버트 부르스 왕은 숨거나 적들에게 쫓기지 않게 되었고 얼마 후 그는 다시 스코틀랜드의 왕이 되었다.

그의 뒤로는 용감한 여인과 그녀의 두 아들이 있었다. 로버트 부르스 왕은 두 젊은이를 자신의 호위대장으로 임명하였다.

로버트 부르스는 험하고 거친 시대의 지혜로운 스코틀랜드 왕으로 전투에서 잉글랜드 군을 격파하고 스코틀랜드의 독립을 쟁취하였다.

책을 사랑한 왕자

지금으로부터 천 년 전에는 대부분의 사람들이 글을 읽을 줄 몰랐다. 당시만 해도 책이란 매우 진귀한 것으로써 값비싼 티를 내듯 아주 극소수 사람들의 전유물이었다.

그 시대의 책들은 사람이 직접 펜이나 붓으로 일일이 적었으며 그림은 역시 책보다는 더 아름답고 진귀한 작품들이 많았다. 좋은 책과 그림들은 보석과도 같은 것이어서 궁궐이나 큰 집을 소유한 부자가 아니라면 결코 간직할 수 없던 시절이었다.

그 당시엔 심지어 왕의 자녀들까지 읽는 것을 중히 여기지 않았다. 왕자들도 글을 읽지 못하는 경우가 부지기수였다. 그 시절엔 힘만이 세상을 지배하는 삶의 수단이 되었다.

왕자들은 지루한 공부보다는 어린 시절부터 사냥과 활쏘기에 전

념했고 청년이 되면 어엿한 장수가 되었다.

한 왕에게 에델벌드, 에델버트, 에델레드, 알프레드란 네 명의 왕자들이 있었다.

세 명의 왕자들은 매우 강인해 보이는 청년이었지만 막내인 알프레드는 연약한 몸에 아름다운 금발의 소유자였다.

어느 날, 네 명의 왕자와 함께 식사를 마친 어머니가 아이들에게 진귀하고 아름다운 책을 보여주었다.

어머니는 들고 있던 책 속의 그림과 글자들이 어떻게 쓰이게 되었는지를 설명했다. 왕자들은 어머니가 보여준 책을 바라보며 감탄을 하였다. 그 누구도 이처럼 진귀한 책을 본 적이 없었다.

어머니가 말했다.

"이 아름다운 글과 그림들이 어떻게 탄생되었는지 설명해주고 싶지만, 우선 너희들이 글을 읽을 줄 알아야 된단다. 그전엔 설명해도 도저히 이해할 수 없단다. 너희들이 글을 읽을 줄만 안다면 이 책을 읽으며 얼마나 즐거워할지 그 모습이 정말 눈에 선하구나. 나는 이 책을 너희들 중 한 명에게 선물하려고 한단다."

먼저 막내인 알프레드가 손을 들었다.

"어머니, 그 책을 저에게 주세요."

"하지만 이 엄마는 이 책을 너희들 중 먼저 책을 읽을 수 있는 왕자에게 줄 생각이야."

그 말에 첫째 왕자가 고개를 저었다.

"어머니, 저는 그런 것보다는 활쏘기가 더 좋아요."

이번엔 둘째 왕자가 말했다.

"저도 어머니, 그 책보다는 매를 길들여 사냥하는 게 더 좋아요."

세째 왕자도 형들의 편을 들었다.

"어머니, 그 책은 그냥 성직자들이나 학자들에게 주는 게 좋을 거 같은데요? 물론 저도 그 책을 읽고 싶기는 하지만 저희는 이 나라의 왕자들입니다. 어리석게 책을 읽는데 시간을 낭비하고 싶지 않습니다."

그러나 형들과는 달리 막내 알프레드는 그 책을 꼭 갖고 싶었다.

"어머니, 저는 그 책의 내용을 꼭 알고 싶어요. 저는 그 책을 꼭 읽고 말 거예요."

그후로 수 주일이 지났다. 어느 날 아침, 알프레드가 싱글벙글 미소를 지으며 어머니의 방을 찾았다.

"어머니, 그 책을 제게 다시 보여 주세요."

어머니는 서랍을 열어 귀중하게 보관되어 있던 책을 조심스럽게 꺼냈다. 책을 받아든 알프레드는 첫 장을 숨죽이며 열었다. 알프레드는 책의 첫 페이지 첫 줄을 또렷한 발음으로 한 마디도 더듬지 않고 또박또박 읽어 내려갔다.

그 모습을 본 어머니가 얼른 다가가 알프레드를 안아주었다.

"아, 드디어 해냈구나, 알프레드! 대체 어떻게 글을 배운 거니?"

"예, 어머니. 수도승인 페릭스에게 물었지요. 페릭스는 저에게 글 읽는 법을 친절히 가르쳐주었어요. 이제부터는 어머니가 새로운 책을 구해주세요. 정말 글을 배운다는 것도 쉽지가 않은 일인데, 이런 책을 쓴 사람들은 어떤 사람들일까요? 페릭스는 제가 글을 깨우치는 속도가 자신보다 나은 것 같다고 말했습니다. 제가 정말 이제는 글을 잘 읽는 건가요?"

"그럼, 알프레드! 너는 멋지게 해낸 거란다."

그러나 반가워하는 어머니와 달리 다른 왕자들은 알프레드를 놀려댔다.

"아무 소용도 없는 일에 왜 아까운 시간을 낭비한단 말이냐?"

"맞아, 무릇 사내라면 활쏘기와 창던지기에 심혈을 기울여야지."

"알프레드, 넌 차라리 수도승이나 되어라."

그러나 어머니만은 알프레드를 포옹하며 귀한 책을 건네주었다.

"이 책의 주인은 바로 너다. 이 엄마는 정말 기쁘게 이 책을 너에게 상으로 주는 거란다. 이 엄마가 장담컨대 넌 커서 분명 훌륭한 왕이 될 것이야. 아주 현명하고 지혜로운 그런 사람이 될 거야."

어머니의 예언대로 알프레드는 다른 왕자들을 제치고 지혜롭고 고귀한 성품을 지닌, 전무후무한 영국의 왕이 되었다.

알프레드 대왕은 앵글족과 색슨족의 두 부족을 복종시킴으로써 전 영국의 왕으로 승인되었다.

영국 해군을 창설하여 해군의 아버지라는 칭호를 얻었으며 고대 법전을 집대성하였다.

왕과 소년의 만남

어느 날, 프랑스의 헨리 4세가 광활한 숲으로 사냥을 떠났다. 밤이 다가오자 헨리 왕은 신하들에게 먼저 다른 길로 출발하라고 명했다. 신하들은 먼저 떠났고 헨리 왕은 혼자 지름길인 숲속을 헤치며 나오고 있었다.

헨리 왕이 숲을 빠져나오자 길옆으로 누군가를 기다리고 있는 듯한 소년의 모습이 보였다. 궁금해진 왕이 소년에게 물었다.

"애야, 날도 어두워지는데 깊은 숲에서 뭘 하고 있는 거냐? 아버지를 기다리고 있니?"

소년이 헨리에게 대답했다.

"아니에요. 저는 대왕님을 기다리고 있어요. 사람들이 말하기를 숲속으로 대왕님이 사냥을 떠나셨대요. 분명 대왕님은 이 숲길로 나오실 게 분명해요. 그래서 이곳을 지키고 있는 거예요.”

“음, 왕에게 무엇을 기대하고 있는 모양이구나? 애야, 얼른 내 앞으로 와 말을 타거라. 내가 왕을 어떻게 구별하는지 알려줄 테니까.”

그 말을 들은 소년은 얼른 몸을 일으켜 헨리 왕의 말에 올라탔다. 말은 느릿느릿 왕과 소년을 싣고 걸어 나갔다. 왕과 소년은 금방 친해졌다.

소년이 왕에게 말했다.

“사람들이 그러는데 헨리 왕은 언제나 많은 호위병들을 거느리고 다닌데요.”

“그야 왕이니까 당연한 거 아니니? 네가 왕이라면 너 혼자 위험하게 다니겠니?”

“그러면 그 많은 사람들 중에 어떻게 왕을 구별할 수 있지요?”

“물론 방법이 있지. 왕 앞에서는 모든 사람들이 모자를 벗고 예의를 갖추게 되어 있단다. 그러니까 그 사람들 중 모자를 쓰고 있는 사람이 왕이 되는 거지. 알겠니?”

왕과 소년은 느린 말 걸음에 의지해 신하들이 기다리고 있는 큰 길로 나올 수가 있었다. 그곳에는 호위병 여러 명이 왕을 기다리고 있었다.

호위병들은 왕과 나란히 앉아 있는 소년을 바라보며 다소 놀란 표정이었다. 순간 호위병들이 모자를 벗어 예의를 취했다. 그 모습을 본 헨리 왕이 소년에게 장난을 치듯 말했다.

“애야, 내 말대로지? 그럼 누가 왕이라고 생각하지?”

소년의 대답 역시 황당했다.

"잘 모르겠는데요? 우리 둘 중 한 사람인 건 분명한데. 아저씨나 저나 똑같이 모자를 쓰고 있으니까요."

헨리 4세는 대외적으로는 스코틀랜드와의 전쟁, 대내적으로는 웨일스의 반란 등 많은 어려움과 맞서야 하는 왕이었다.

에트릭의 양치기
시인 호그

스코틀랜드에 제임스 호그라는 가난한 양치기가
살고 있었다. 그의 조상은 대대로 양을 치면서 살아왔다.

양치기가 하는 일은 에트릭 물가에 살고 있는 부자의 땅에서 그
의 양을 돌보는 것이었다.

그는 양치기용 개인 실라와 함께 양들을 데리고 목초지로 끌고
가 언덕 위에서 날마다 양들이 잘 먹고 잘 지내도록 돌보았다. 실라
는 양치기가 원하는 곳으로 장소를 옮겨가며 양들을 훌륭하게 돌보
았다. 가끔 양치기가 저녁을 먹으러 가거나 쉴 때면 혼자 알아서 양
들을 돌보는데 익숙해 있었다.

어느 늦은 오후, 양치기는 수백 마리의 양떼를 데리고 언덕 꼭대
기에 있었다. 그의 곁에는 충성스런 실라가 있었다.

그때 갑자기 폭풍우가 몰려왔다. 곧 번개와 천둥이 치더니 폭우가 쏟아지기 시작했다. 갑자기 양들이 놀라서 펄쩍 뛰기 시작했다.

그러나 폭풍우가 너무 거세어 양치기와 개는 날뛰는 양들을 제어할 수가 없었다. 양들은 이리저리 흩어졌고 결국 어둠 속에서 양들을 모두 잃어버리고 말았다.

가슴이 철렁 내려앉은 양치기는 한손에 등불을 들고 거친 언덕을 오르내리며 잃어버린 양들을 찾아나섰다. 충성스런 실라도 양치기를 따라다니며 짖어댔다. 사태의 심각성을 깨달은 다른 양치기들이 달려와 함께 양들을 찾기 시작했다.

그들은 폭풍우 속에서 밤새도록 양들을 찾아다녔다. 날이 밝아오자 호그와 다른 양치기들은 너무도 지쳐 모든 걸 포기하였다. 호그는 그 자리에서 주저앉아 버렸다.

"이젠 모든 게 끝났다! 이제 그만 내려가자. 주인에게 가서 폭풍우로 인해 모든 양들을 잃어버렸노라고 고백하자."

그들은 터벅터벅 걸어 집으로 향했다. 그때 그들은 좁고 험한 언덕 끝자락에 자리한 깊은 골짜기를 발견했다. 그들이 혹시나 하면서 내려다보자 그곳에는 몇몇의 양들이 바위 사이 끝자락에 서 있었다.

간밤에 실라가 양들을 돌보고 있었던 것이다. 그 모습을 바라보던 호그가 말했다.

"분명 저 양들은 폭풍우에 밀려 남쪽인 저쪽 아래로 떨어진 게 분명해."

양치기들이 얼른 그곳으로 내려가자 그곳엔 양들의 무리 한 떼가 고스란히 서성거리고 있었다. 그 모습을 본 한 양치기가 말했다.

"정말 믿을 수가 없군! 어떻게 폭풍우 속에서 양들이 저렇게 한 곳에 모여 있을 수가 있어! 정말 기적이야!"

양치기들이 한 마리씩 양들의 수를 세어보았다. 한 마리씩 세어 가던 그들의 호흡이 가빠지기 시작했다. 그곳엔 행방불명되었던 양 들까지 함께 한 무리를 이루고 있었던 것이다.

"뭐야? 정말 믿을 수가 없구나! 한 마리도 없어진 게 없어! 정말 한 마리도!"

그렇다면 어떻게 실라 혼자서 사방으로 흩어진 양떼를 이끌고 이 곳으로 올 수 있었단 말인가! 어떻게 개 한 마리가 놀라서 날뛰고 있 던 양들을 진정시켜 이렇듯 안전하게 대피할 수 있었단 말인가!

나중에 제임스 호그는 이런 말을 했다.

"나는 그날 실라가 해냈던 일을 보고 세상에 태어나서 제일 놀랐 던 것 같다. 실라가 해낸 일은 태양 아래서 그 어떤 인간이 했던 일 들보다 위대한 것이었다. 실라는 그렇게 암흑 속에서 찬란한 아침 을 창조해낸 것이다."

제임스 호그가 소년이었을 때 그의 부모는 너무 가난해서 그를 학교에 보낼 수가 없었다. 그럼에도 그는 독학으로 글을 깨우쳤다.

그가 살고 있던 곳엔 도서관도 없어서 책을 구하기가 어려웠다. 하지만 그는 의지의 사나이였다. 그는 어렵게 산문이나 시집을 빌려오면 그것을 달달 외워 완전히 자신의 것으로 만든 다음 돌려주었다.

그는 양떼를 돌보며 그 시간에 책을 읽었다. 맑은 공기의 대자연 속에서 책을 읽는 그의 집중력은 대단했다. 그리고 책을 읽느라 한눈을 팔아도 그것을 만회해 줄 수 있는 충실한 친구 실라가 있었으니 얼마나 다행한 일이었던가!

시를 좋아하던 제임스 호그는 자작시를 쓰기도 했다. 그가 쓴 시들은 많은 사람들에게 공감을 불러일으켜 지금까지 읽혀지고 있다.

총알 앞에서도 나라사랑

어느 날, 스웨덴 왕 찰스 12세는 치열한 전쟁의 한복판에 서 있었다. 그는 적들과 대치되어 있는 작은 참호를 은신처로 삼고 있었다. 그는 보좌관을 불러 앉히고 짧은 명령을 기록하라고 명했다.

명을 받은 보좌관은 왕이 말하는 내용을 열심히 받아적으려 하였으나 왕이 말한 내용 중 첫 마디밖에 기록할 수 없었다. 총알이 계속 참호 속으로 떨어져 사방을 부서뜨리고 있었기 때문에 글을 적을 수 없었던 것이다.

공포에 질린 그는 다시 총알이 떨어지자 그만 펜을 놓치고 재빨리 바닥에 엎드렸다. 그 모습을 본 왕이 말했다.

"자네는 지금 무엇을 하는 것인가?"

"폐하! 총알입니다!"

한심한 듯 그를 바라보던 왕이 다시 입을 열었다.

"내가 그대에게 총알을 가지고 글을 쓰라고 하지는 않았다. 나도 총알이 떨어지고 있다는 건 알고 있다. 물론 총알에 맞으면 죽겠지. 어서 일어나 다시 펜을 들고 용기를 내어 내 명령을 적어라. 지금 나라가 위태롭다. 그대는 자신의 안전만을 생각하는가! 그대의 직분은 바로 나라와 국민을 지키는 것이다. 그대의 임무를 다하지 못한다면 그대는 죽음보다 못한 삶을 살게 될 것이다. 비겁해지는 자신과의 싸움에서 이겨야 한다. 그것만이 그대가 살 수 있는 길이다."

왕의 보좌관은 죽음에 대한 당연한 반응을 보였던 것이다. 그것을 이해하지 못 할 사람은 없다. 하지만 죽음에 대한 공포를 이길 수 있어야만 내 조국을 지킬 수 있는 것이다. 왕은 그것을 알고 있었기에 모든 공포감을 이길 수 있었던 것이다.

스웨덴의 왕 찰스 12세는 약 200여 년 전의 사람이었다. 그는 누구보다 훌륭하게 자신의 나라를 수호한 것으로 유명한 왕이었다.

7인의 현인

1. 어부와 마일투즈의 계약

어느 날 아침, 상인인 마일투즈가 해변을 걷고 있을 때였다. 어부들이 큰 그물을 던지고 있었다. 마일투즈가 그 모습을 물끄러미 바라보고 있었다. 그가 발걸음을 옮기며 그들에게 말했다.

"안녕하세요? 이번에 그물을 던지게 되면 얼마나 많은 고기가 걸릴 것 같은가요?"

어부들은 마일투즈를 바라보며 무뚝뚝하게 대답했다.

"그런 계산은 안 합니다. 얼마나 걸릴지 어떻게 알 수가 있겠습니까. 그냥 던지는 거지요."

어부들이 던진 그물은 물고기가 많이 걸려들었는지 묵직해 보였다. 이번에 던진 어부들의 묵직한 그물 속엔 분명 물고기들이 많이 걸려 있을 것이다. 마일투즈가 다시 어부들에게 물었다.

"한 번 그물을 던지면 당신이 가져가는 몫이 얼마나 됩니까?"

그 말을 들은 어부가 마일투즈를 바라보며 구미가 당기는 듯 말했다.

"그럼 우리가 한 번 그물을 던지는데 당신은 얼마나 줄 수 있습니까?"

"좋아요, 그물이 가득 차게 되면 은화 세 개를 주지요."

그 말을 들은 어부들이 서로 조그마한 소리로 주고받았다. 그러다가 한 사람이 마일투즈에게 말했다.

"이것도 일종의 거래니까 그물에 물고기가 많이 걸리든 걸리지 않든 우리가 그물을 한 번 던질 때마다 은화 세 개를 주면 어떻겠소."

"좋습니다."

잠시 후 그물이 뭍으로 들려져 나왔다. 그물은 무게감에 찢어질 듯 이끌려 나왔지만 물고기는 한 마리도 없었고 대신 금고 하나가 걸려나왔다.

상인은 크게 기뻐하며 그것을 자신에게 달라고 했다.

"자, 여기 은화 세 개가 있습니다. 이제 그 금고를 내게 주시오."

"잠깐, 그렇게는 안 되지요!"

"안 되다니요. 그렇게 하기로 계약하지 않았습니까?"

"말도 안 되지요. 그물에 물고기만 걸렸으면 되는데, 이번에 걸린

건 물고기가 아닙니다. 따라서 우리는 절대로 당신에게 이 금고를 줄 수 없습니다."

어부들과 상인 사이에 말다툼이 일어났다. 어느 한 쪽도 쉽사리 물러날 입장이 아닌 것 같았다.

"이럴 게 아니라 판관한테 가서 판결을 받기로 합시다. 우리 모두는 그 판결에 따르면 되는 겁니다."

"좋소! 그렇게 하기로 합시다."

그들은 관리를 찾아가 각자의 상황을 설명했다. 그들의 설명을 들은 관리는 쉽게 결정을 내리지 못했다. 아무리 생각해봐도 올바른 판결을 내리기 어려웠다.

"이건 정말 쉬운 문제가 아니다. 내 선에서 내릴 판결이 아니므로 델피라는 현인에게 물어볼 터이니 그 답변이 올때까지 기다려라. 그의 현명한 판단이 이 물건의 주인을 선별해 줄 것이다. 그대들이 정확한 판결을 받을 때까지 이 금고는 내가 보관하겠다."

상인과 어부들은 답변이 올 때까지 인내심을 가지고 기다렸다.

드디어 델피의 답변이 왔다.

"금고의 주인은 상인이나 어부가 아니다. 금고의 주인은 매우 현명할 뿐만 아니라 정말 지혜로운 인물이어야 한다."

"결국 이 금고는 가장 현명하고 지혜로운 사람에게 돌아갈 것이다. 이 금고는 곧 주인을 만나게 될 것이다."

관리는 금고의 주인을 찾았

다는 듯 미소를 지었다.

"그 주인은 다름 아닌 바로 타레스이다. 모든 사람들이 그를 사랑하고 있다. 전 세계적으로 유명한 그야말로 상을 받을 자격이 있다. 모든 나라에서 그를 만나러 올 뿐만 아니라, 또 누구든 그에게서 배우길 원하고 있다. 우리는 마땅히 그에게 이 상을 주어야 한다."

관리는 금고를 가지고 타레스가 살고 있는 집을 방문했다. 관리가 문을 두드리자 타레스가 직접 문을 열어주었다. 관리는 이 금고가 어떻게 발견되고 또 이 금고의 주인이 왜 타레스가 되어야하는지 지금까지의 일들을 설명하였다.

"타레스, 이 금고를 받아주십시오."

그 말을 들은 타레스가 반문했다.

"제가 주인이라고요? 천만에요. 세상에는 저보다 훨씬 지혜로운 사람들이 많이 있습니다. 제 친구인 비아스는 정말 출중하고 지혜로운 사람이지요. 이 금고는 그가 받아야 될 것입니다. 이 물건을 그에게 전해 주시지요."

그 말을 들은 관리는 충성스런 두 부하를 불러 금고를 비아스라는 사람에게 전하라고 명했다.

"그에게 금고를 전할 때, 그 이유를 물으면 지금까지의 상황을 소상하게 설명하면 될 것이다."

2. 현인 비아스

비아스는 적에게 친절해야 세상에 전쟁이 없어지며 또한 그렇게 할 수 있는 사람은 세상에서 가장 축복을 받은 사람이라고 했다. 또한 비아스는 가난하지만 한 번도 부자가 되려고 노력하지 않았다.

드디어 관리의 부하 두 명이 금고를 들고 비아스의 집에 도착하였다. 그는 마당에서 일을 하고 있었다. 그들은 그에게 사연을 설명하고 금고를 전해주려 했으나 거절당하고 말았다.

"저는 결코 세상에서 제일 지혜로운 인간이 아닙니다. 따라서 이 금고는 제 것이 될 수 없습니다."

두 부하가 한숨을 쉬면서 되물었다.

"그렇더라도 그냥 받아주시면 안 될까요? 그래도 가장 현명하다고 알려지신 분이 저희들의 수고를 모르시지는 않겠지요? 저희들은 선생이야말로 세상에서 가장 현명한 분이라고 믿고 있습니다."

비아스는 단호하게 거절했다.

"이 물건은 제가 받아야 될 물건이 아닙니다. 분명 주인이 따로 있습니다. 죄송합니다. 귀한 것일수록 진짜 주인을 만나야만 그 진가를 발휘할 수 있습니다."

"그러면 대체 이걸 들고 또 어디를 가야 된다는 말입니까?"

"마이티렌에 피타쿠스라는 진정으로 현명한 사람이 살고 있습니다. 그를 찾아가 이 금고를 주십시오. 그는 그 나라의 왕이지만 권력보다는 지혜를 더 사랑하는 사람입니다. 그 사람이야말로 이 금고의 주인임에 틀림없습니다."

3. 현인 피타쿠스

피타쿠스라는 인물도 전 세계적으로 이름을 떨치고 있는 인물이었다. 그는 용감한 전사였으며 또 지도자이기도 했다. 그 나라 사람들은 그를 왕으로 추대했지만 얼마 후 자신의 왕권을 무력화시켰다.

그의 좌우명은 다음과 같다.

"그대가 어디에 있든 언제나 최선을 다하라."

두 명의 부하들이 그를 찾아왔을 때 피타쿠스는 자신의 성에서 사람들에게 지혜에 관한 설명을 하고 있었다. 부하들은 금고와 자신들이 만났던 사람들의 말을 그대로 전했다.

설명을 들은 피타쿠스는 금고를 물끄러미 바라보다가 감탄사를 내뱉었다.

"오호, 정말 아름다운 금고로군!"

부하들은 다른 사람들과는 달리 감탄을 자아내는 그를 바라보며 이제야 주인을 찾았다고 기뻐했다.

"이 아름다운 물건이야말로 바로 폐하의 것입니다. 세상에서 제일 지혜로운 사람이 이 금고의 주인이라고 한다니 바로 폐하가 주인이십니다."

부하들의 말에 피타쿠스는 조용히 말했다.

"상인이나 어부들은 결코 이 금고의 주인이 될 수 없소. 그런 사람들은 자신들의 삶과 직업의식 때문에 진정한 미를 발견할 수 없는 사람들이지요."

"그렇습니다. 그렇기에 이 금고는 지혜와 미를 겸비하신 폐하께서 받으셔야 합니다."

"당신들은 지금 잘못 알고 있소."

"무엇을 잘못 알고 있다는 말씀이지요?"

"나는 이 아름다운 작품을 보면서도 기껏 감탄밖에 늘어놓을 수 없는 사람이오. 진정한 작품을 알아볼 수 있는 지혜조차 없는 자가 어찌 이 물건의 주인일 수 있겠소."

"그럼 이제 또 누구를 찾아가라는 말씀이지요?"

"이것을 로데스의 왕인 크레오부루스에게 갖다 주시오. 그는 매우 잘생기고 강한 남자요. 내가 보건데 지혜로움 역시 그 어떤 남자들보다 뛰어나지요. 그러므로 미와 지혜로움까지 갖춘 그가 이 금고의 주인이 될 수밖에 없소."

4. 현인 크레오부루스

두 부하들은 힘겹게 로데스 땅을 밟았다. 그곳의 모든 사람들은 크레오부루스 왕의 지혜로움에 대해 경탄해마지 않았다. 그는 전 세계의 유명한 학교에서 교육을 받은 사람이었고 그 역시 사람들에게 잘 알려진 사람이었다. 그는 항시 다음과 같이 강조했다.

"청소년들이여, 배우고 또 배워라. 그것이 너의 길이다."

두 명의 부하가 그에게 다가가 금고를 보여주었다. 물건을 본 크레오부루스 왕이 말했다.

"정말 장인 정신이 돋보이는 아름다운 금고로구나! 이걸 내게 얼마에 팔겠다는 것인지 말해보시오. 값은 부르는 대로 드리리다."

그제야 한숨을 돌린 부하들이 이제까지의 과정들을 반복했다.

그러니까 폐하께서는 받기만 하시면 됩니다. 이제야말로 이 물건의 주인을 찾게 되어 정말 다행입니다. 정말 폐하께서는 사람들이 말한 대로 참으로 지혜로운 분이십니다."

"불행히도 당신들은 사람을 잘못 찾았군요."

"그럼 또 이번에는 누구를 찾아가야 합니까?"

"그는 코린스의 왕인 페리안도입니다. 이 아름다운 물건의 주인공은 분명 그일테니 더 늦기 전에 그에게 전해주구려."

5. 현인 페리안도

모든 사람들이 코린스의 왕인 페리안도에 대해 들리는 소문을 알고 있었다. 유독 그에 대한 소문들이 많았다. 이방인들은 어김없이 그의 지혜로움에 감탄하며 그를 경외했다.

페리안도 왕은 어떤 사람들이 값비싼 금고를 가지고 그를 찾아온

다는 소식을 들었다. 왕은 곧 그들을 맞이했다.

"나는 이 금고에 대한 소식을 들었소. 그런데 궁금한 것은 이 무거운 금고를 들고 이곳저곳을 떠돌고 있는 당신들의 마음을 알지 못하겠다는 것이오. 당신들은 이 물건을 나에게 전해주려고 온 것은 아닌지요?"

"역시 폐하는 대단하십니다. 저희들이 또다시 설명을 드리자면…"

"정말 우습기 그지없구료. 나를 이 금고의 주인으로 보는 것이오? 천만에. 이 물건의 주인은 따로 있소. 바로 라세몬이라는 곳에 살고 있는 치론이란 사람이오. 그는 그의 백성들을 사랑하고, 동료들을 사랑하며, 끊임없이 배우기를 좋아하는 사람이오. 이 물건의 주인은 그가 틀림없을 것 같소. 분명 그일 것이오."

6. 현인 치론

지친 부하들이 다시 치론이라는 사람을 찾아 나섰다. 그러나 부하들은 적잖이 놀랄 수밖에 없었다. 치론이라는 사람은 다른 사람들과는 달리 그의 나라 밖으로는 전혀 알려져 있지 않은 사람이어서 그 나라를 찾기 전까지는 그의 행방을 알 수 없었다.

하지만 라세몬에 들어서자 사람들은 그에 대해 아낌없이 칭찬을 늘어놓았다. 사람들은 치론 왕은 매우 조용한 사람이며 결코 자신에 대해 말하는 적도 없다고 했다.

그는 언제나 나라와 백성들이 행복해하는 모습을 보려고 쉬지 않고 노력하는 왕이라고 했다. 그렇게 바쁜 생활을 하고 있었기 때문에 그를 보려고 찾아온 부하들은 기다릴 수밖에 없었다. 며칠이 지난 후에야 비로소 그들은 왕을 만날 수가 있었다.

"바쁘신데 죄송합니다. 다름이 아니라 저희에겐 아주 근사한 금고가 하나 있습니다. 이 금고의 진정한 주인을 찾기 위해 이렇듯 여러 나라를 돌아다니고 있습니다. 부디 저희들의 청을 거절하지 마시고 이 금고를 받아주십시오. 주인은 바로 폐하이십니다."

"사람을 잘못 찾았구료."

"아닙니다. 폐하께서 이 물건의 진정한 주인이십니다."

"미안하오. 하지만 정말 지혜로운 사람이 아테네에 살고 있다오. 그는 솔론이라는 사람이오. 나는 그의 절반도 못미치는 사람이오. 그를 만나면 분명 당신들의 여행은 끝이 나게 될 게요. 그는 시인이며, 전사이며, 법률가이기도 하다오. 그는 내 최

대의 적이기도 하지요. 예전에 한때 세상에서 제일 지혜로운 사람
이라서 그를 존경했었지요."

7. 현인 솔론

부하들은 지친 몸을 이끌고 아테네로 들어섰다. 그들은 별 어려
움 없이 솔론이란 사람을 찾을 수 있었다. 그는 도시의 대법원장이
었다. 그곳의 모든 사람들이 그를 세상에서 제일 지혜로운 사람이
라고 칭찬했다.

그는 잠자코 부하들의 말을 듣기만 했다. 그러다가 신중하게 입
을 열었다.

"저는 결코 제가 지혜로운 사람이라 생각한 적이 없습니다. 그러
므로 이 금고의 주인공 역시 제가 아닌 것이 분명합니다. 그러나 제
가 알고 있는 유명한 여섯 명의 지혜로운 사람들에 대해서는 알려드
릴 수 있습니다."

"대체 그들이 누구란 말입니까?"

"그들의 이름은 타레스, 비아스, 피타쿠스, 크레오부루스, 페리
안도, 그리고 치론입니다."

"한 사람 더 있지요. 바로 당신! 우리는 그들을 모두 방문한 후 이
곳으로 왔습니다. 그들 모두는 자신은 아니라고 했습니다. 바로 당
신처럼요. 정말 당신이 마지막 사람입니다."

"그렇다면 나머지 한 가지 일을 안 한 게 있겠군요."

"그것이 뭡니까?"

"그것을 들고 아폴로 신전으로 가세요. 지혜의 근본이 바로 그 신이 아니겠습니까?"

"아! 이제야 알 것 같습니다. 정말 이 물건은 신에게로 가야 될 물건이었습니다."

이 모든 유명한 사람들이 바로 고대 그리스에서 일곱 지혜로 불리는 사람들이다. 그들은 2000년 전의 사람들이지만 지금까지 그리스 사람들에겐 이웃사람들처럼 친근하게 불리고 있다. 그들 모두는 그 시대에 최고로 그리스의 이름을 빛냈던 사람들이다.

개미가 준 교훈

태머레인이란 꽤나 유명한 정치가가 타르타리에 살고 있었다. 그는 알렉산더와 같은 대제국을 갖는 게 소원이었다. 그는 많은 군대를 양성해 다른 나라를 전쟁 속으로 끌어들여 많은 도시를 잿더미로 만들어갔다.

그러나 알렉산더는 우연히 세계를 정복한 인물이 아니었다. 알렉산더에게는 신의 뜻이 있었지만 태머레인에겐 흔히 말하는 사람들의 불운밖에 없어 그만 멸망하고 말았다. 그의 군대는 분열되었고 수많은 병사들은 뿔뿔이 흩어질 수밖에 없었다.

태머레인 혼자만이 전쟁터를 떠돌고 있었다.

그의 적들은 그를 찾기 위해 혈안이 되어 있었고, 태머레인은 절망할 수밖에 없었다. 아무런 희망 없이 하루하루 지옥의 나날이 이어지고 있었다.

"하늘이 나를 버렸구나! 알렉산더는 신의 축복이 있었지만 내겐 그마저도 없구나. 내 인생은 이대로 끝나버리고 만 것이다! 살아 있다는 것이 저주다!"

어느 날, 그는 나무그늘 아래에 누워 죽음만을 생각했다. 이제 그가 할 일이라곤 아무것도 없어보였다.

그때 태머레인은 우연히 아주 작은 물체가 나무줄기 아래로 기어가고 있는 모습을 보았다. 그는 그 물체를 확인하려는 듯 몸을 일으켜 자세히 들여다보았다. 그것은 두말할 것도 없이 개미였다.

개미는 제 몸집보다 훨씬 더 큰 먹이를 나르고 있었다. 그가 신기한 듯 바라보고 있자니 개미가 옮기는 먹이의 입구는 오로지 큰 나무 아래의 작은 구멍밖에는 없을 것 같았다. 그 구멍이 바로 개미의 집으로 가는 유일한 통로였던 것이다.

그 모습을 보자 절박한 환경에 처한 자신을 대신하기라도 하듯 열심히 노력하는 개미에게 진심으로 응원을 해 줘야 될 것 같았다.

"어이, 작은 친구! 자넨 정말 대단해. 자네는 대체 어떻게 그런 큰 먹이를 옮길 생각을 하는 거지?"

말을 마친 그는 개미가 잠시 갈피를 잡지 못하는 모습을 보았다. 태머레인의 생각대로 개미의 먹이는 너무 컸다. 그 먹이를 드는 것도 문제지만 그것을 들고 지나야 할 환경이 문제가 되었던 것이다.

개미는 그만 먹이를 떨어뜨리고 말았다. 그러나 또다시 그 무거운 먹이를 집어 들고 거친 나무줄기로 오르려 시도했지만 역시 실패

였다. 흥미를 느낀 태머레인은 한낱 미물에 불과한 개미에게서 눈을 뗄 수 없었다.

개미는 수없이 반복해서 시도했지만 번번이 실패했다. 그럼에도 개미에게 굴복이란 있을 수 없었다. 회수는 문제가 되지 않았다. 세 번, 네 번…… 스무 번, 그러나 끈질긴 개미의 시도에도 불구하고 나아진 여건은 없었다.

개미가 거의 서른 번 이상을 시도했을 때, 아니 정확히 서른한 번째 시도를 할 때였다. 개미의 걸음걸이가 틀려졌다. 드디어 먹이를 놓치지 않고 한 발을 내딛고 만 것이다. 위태롭게 보였지만 그건 분명 성공으로 가는 첫걸음이었다. 그 한 발을 내딛기 위해 개미는 그렇게 노력을 했던 것이다.

그렇게 조금씩 앞으로 나아가던 개미는 결국 거친 길을 헤쳐내고 자신의 집 입구에 다다를 수 있었다. 그 소중한 먹이를 집으로 옮길 수 있었던 것이다.

그 모습을 끝까지 바라본 태머레인은 박수를 치지 않을 수 없었다.

"파이팅! 정말 잘했어 친구야! 나는 너에게 한 수 배웠단다. 나에게 정말 귀중한 걸 가르쳐주어 고맙다. 그래, 나는 해내고 말 거란다! 최소한 네가 실패했던 숫자만큼은 도전해 볼 생각이란다. 하고 또 하고, 그렇게 너처럼 끝까지 해내고 말 것이다."

그리고 태머레인은 마침내 자신의 뜻대로 위대한 업적을 이루어
냈다.

태머레인은 동아시아 티무르제국의 창건자이다. 시스탄 전쟁에
서 오른발을 다쳤기 때문에 절름발이 티무르라고도 불렸으며 유럽
인은 타메를란이라고 불렸다.

그림을 사랑한 어린 벤자민

아주 오래전 펜실베이니아에 벤자민 웨스트라는 한 소년이 살고 있었다. 그는 유달리 그림을 좋아했지만 가난했기 때문에 많은 그림을 볼 수 있는 기회가 없어서 책 속에 그려져 있는 그림들이 벤자민이 볼 수 있는 그림의 전부였다.

그의 부모는 퀘이커교도였고 어린 아들이 원하는 대로 힘이 되어 줄 수 없었다. 그들은 아들이 그림을 그리려는 생각을 버려야만 더욱 편안한 삶을 누릴 수 있다고 믿고 있었다.

어느 날, 벤자민의 어머니가 이웃집을 방문하면서 그동안 동생인 갓난아기를 잘 돌보고 있으라고 하였다.

"잘 돌보고 있을 테니까 걱정 마세요."

"그래, 잠시도 한눈을 팔면 안 된다. 아기들은 순식간에 일을 벌이는 경우가 많으니까 말이다."

"물론이에요. 절대로 한눈을 팔지 않을 거예요. 다치지 않게 할 테니까 염려 마세요."

어머니가 나가는 것도 모르고 갓난아기는 요람에서 새근새근 자고 있었다.

벤자민은 어린 동생이 깰까봐 조그만 소리도 내지 않았다. 사방은 고요했고 시계의 째깍거리는 소리와 새들의 지저귀는 소리만이 들렸다. 가만히 동생을 들여다보고 있던 벤자민은 심심해졌다.

"아기가 자고 있으니 내가 뭔가를 해도 될 것 같은데 말이야. 어차피 깨지 않으면 되니까."

하지만 특별히 할 일이 없던 벤자민은 가만히 어린 동생의 모습을 살피고 있었다. 파리 한 마리가 아기의 뺨 근처에서 앵앵거렸다. 벤자민은 얼른 파리를 쫓아내었다. 벤자민은 순간 예쁘게 잠이 든 어린 동생의 자고 있는 모습을 그리고 싶어졌다. 벤자민은 어린 동생을 바라보며 감탄했다.

"아, 얼마나 귀엽고 사랑스런 아기인가! 너를 위해 영원한 사진을 찍어주마."

아기의 사랑스런 얼굴과 고사리 같은 손을 그림으로 그리고 싶어졌다. 그래서 판자위에 숯덩이 조각으로 천천히 그림을 그려나갔다. 오빠가 그림을 그리는 줄도 모르고 어린 동생은 미소를 짓고 있었다.

벤자민은 판자에 숯을 묻혀갔다. 곧 그림 속에는 아기의 둥근 머

리와 곱슬곱슬하게 잘 다듬어진 머리카락이 그려졌다. 또 아기의 오종종한 입, 총명한 눈동자와, 앙증스런 귀, 통통한 손도 그려졌다.

그림에 몰두한 벤자민은 그 무엇도 보이지 않았다. 오로지 그림 속으로 들어가 자신의 하나밖에 없는 어린 동생을 그려냈다.

벤자민이 그림을 그리는 중에도 전과 다름없이 새들은 지저귀고 있었고, 시계는 부지런히 작은 소리로 매초를 알리고 있었다. 하지만 그 어떤 소리도 들을 수 없었다.

벤자민은 결국 어머니가 돌아오는 소리까지 듣지 못했다. 헛기침을 해가며 벤자민에게 다가간 어머니는 순간 숨을 멈추고 말았다. 어린 벤자민이 자신이 돌아온 줄도 모르고 그림에 몰두해 있었기 때문이었다.

더구나 벤자민이 그린 그림이 너무도 아름다워 그 분위기를 깰 수가 없었다. 어머니 숨결조차 느끼지 못하는 벤자민과 그런 아들에게 놀라 숨을 죽이고 있는 어머니의 모습 또한 한 폭의 그림과도 같았다.

"오, 벤자민! 뭐 하고 있는 거니?"

어머니가 온 줄도 몰랐던 벤자민은 깜짝 놀랐다.

"엄마, 이건 그냥 아기를 그린 것 뿐이에요."

"그래, 벤자민, 아기의 그림이구나. 정말 너무도 훌륭하구나. 마치 네 어린 동생을 보고 있는 것 같아!"

이윽고 어머니는 침착하게 그간의 사연을 물었다.

"벤자민, 이 그림을 어떻게 그린 거니? 한 번도 그림에 대해 배운 적이 없던 네가 말이야. 또 넌 종이와 연필도 없었잖니?"

"엄마, 그림에 대해서 배운 적은 없지만 그냥 제가 혼자서 보고 느낀 대로 그린 것뿐이에요."

그때 벤자민의 아버지가 집 안으로 들어섰다.

"여보, 이 그림을 보세요. 우리 아기와 똑같지요? 하지만 저는 두려워요. 벤자민의 그림이 아무리 훌륭하다 해도 당신이 그림을 원하지 않으니 다른 할 말이 없군요. 당신은 분명 그림 그리는 것을 좋지 못한 행위라고 생각하고 계실 테니까 말예요."

어머니의 그 말에 아버지는 대답하지 않았다. 아버지는 그림을 들고 이리저리 살펴보았다. 여기저기 꼼꼼히 살펴본 아버지는 아기의 얼굴과 그림을 비교해 보더니 그림을 내려놓으며 아내에게 말했다.

"이 그림에 신의 손길이 묻어나 있다면 분명 좋은 일이 생길 테지."

여러 주가 지난 후 벤자민의 집으로 손님 한 명이 찾아왔다. 나이가 지긋한 손님은 명망 있는 종교지도자였다.

벤자민의 부모는 그에게 그림을 보여주었다. 부모는 벤자민의 칭찬을 하며 그가 언제나 그림 그리기에 몰두하고 있다고 말했다.

손님은 오랫동안 그림을 살펴보았다. 그는 곧 벤자민을 불러 머리를 쓰다듬어주며 벤자민의 머리에 손을 얹고 축복의 기도를 올려주었다.

"이 소년은 천부적 소질을 타고 났군요. 우리는 아직 확실히 이 그림에 대해 알지 못하지만 어디 한번 믿어봅시다. 벤자민은 우리가 살고 있는 서부지역을 세상에 알릴 위대한 인물로 자라날 것이오. 세계적으로 우리나라를 빛낼 그런 위대한 명성을 지닌…."

　얼마 후 이 훌륭한 손님의 예언이 맞아들었다.

　벤자민의 그림은 서부시대에 명성을 떨쳐 전 세계적으로 유명해졌다. 그가 바로 미국 최초의 화가이다.

말발굽 때문에 잃어버린 왕국

한 대장장이가 말에게 입힐 편자를 만들고 있었다.

"빨리 서둘러라. 대왕께서 그 말을 타고 전쟁터로 나가실 것이다."

궁내관이 윽박질렀다.

"내관님, 언제 전쟁이 벌어집니까?"

대장장이가 독촉하는 내관에게 물었다.

"네가 알 것 없다. 하지만 확실해! 곧 전쟁이 일어날 것이다. 비록 적들도 예전과 달리 무기가 좋아졌지만 우리도 맞서 싸울 준비가 충분히 되어있다. 이 전쟁에서 리처드 대왕이든 헨리든 영국의 왕이 갈려지게 될 거다."

그 말을 들은 대장장이가 다시 작업장으로 들어갔다. 대장장이는 쇠 말굽 여섯 쌍의 주물을 떴다. 큰 망치로 말의 발굽에 맞게 두드려

나갔다.

말발굽에 맞는 주물을 떠가던 대장장이는 세 쌍은 괜찮았지만 나머지 세 쌍이 마음에 들지 않았다.

대장장이는 내관에게 사정을 이야기했다.

"여섯 쌍의 말발굽 주물밖에 준비하지 못했는데 아무리 생각해도 세 쌍은 잘못 만들어져 다시 만들어야겠습니다. 조금만 더 기다리시면 예비 말굽으로 한 열 쌍쯤 더 만들어 드리지요."

그 말을 들은 내관이 말했다.

"괜찮아, 여섯 쌍까지 필요하지도 않으니까. 세 쌍만 있으면 충분해. 대왕께서는 참을성이 없으시니까."

"세 쌍의 말굽은 여기 있습니다. 잘 아시겠지만 말발굽은 자주 벗겨집니다. 심한 전투에선 더 많이 필요하게 되지요. 제 생각으론 이것 가지고는 무리인 듯 싶습니다."

그러나 말발굽을 받아든 내관은 서둘러 말을 타고 왕에게 달려갔다.

전투가 시작되었다. 이번 전투도 여느 전투 못지않게 치열했다. 리처드 왕은 전쟁터를 누비며 적들과 싸우고 있는 자신의 병사들을 격려했다. 그의 적인 헨리는 제왕이 되려는 사람이었다. 그는 리처드 왕을 심하게 압박해오고 있었다.

리처드 왕은 멀리서 싸우고 있던 자신의 병사들이 말에서 떨어지는 장면을 보고 말았다. 만일 자신이 도와줄 수 없다면 그 병사들은 분명 죽게 될 것이 분명했다. 리처드 왕은 말을 돌려 그들에게로 달려갔다.

그가 전쟁터를 가로질러 온통 자갈이 깔려있는 벌판을 중간쯤 통과했을 때 그만 말굽이 벗겨지고 말았다. 말굽을 잃어버린 말은 그만 절름발이가 되고 말았다. 그때 다시 또 하나의 말굽이 떨어져나갔다. 말은 비틀거렸고 그 위에 타고 있던 리처드 왕도 그만 바닥으로 굴러 떨어질 수밖에 없었다.

그러나 리처드 왕은 예전처럼 말안장 위로 오를 수가 없었다. 공포에 질린 말은 절름발이가 되어 그대로 몸을 돌려 달아나버렸다. 왕이 주위를 둘러보자 자신이 도우러 왔던 병사들이 적들의 창검에 죽어가고 있었다.

그 어디를 둘러봐도 자신을 에워싼 적들밖에 보이지 않았다. 왕은 당황하여 칼을 휘두르며 말을 불렀다. 그러나 그를 위한 말은 이미 보이지 않았다. 그의 병사들 역시 오로지 자신들의 목숨을 지키기 위해 혈안이 되어 있을 뿐이었다. 그 누구도 리처드 왕을 도우러 오는 병사는 없었다.

그렇게 전쟁은 끝이 났고 리처드 왕은 모든 것을 잃었다. 그리고 헨리가 영국의 왕이 되었다.

"그렇게 말발굽을 원했건만 그것은 사라졌다.
그렇게 말발굽을 원했건만 말은 도망가 버리고 말았다.
그렇게 말을 찾으려 했건만 전쟁은 끝이 나버렸다.
끝나버린 전쟁터엔 잃어버린 내 왕국밖에 없었다.

그래도 내가 끝까지 찾고 있었던 건 바로 말발굽뿐이었다.

리처드 3세는 영국 왕실의 역사 속에서 가장 못된 왕이었다. 그래서 리치몬드의 헨리 백작은 그에게 반기를 들고 이 위대한 전투에서 리처드 왕을 몰아낼 수 있었던 것이다. 1485년 리처드 3세와 헨리는 부딪쳤고 결과는 헨리의 완승이었다. 리처드는 전쟁터에서 전사해버렸고 들판에 굴러다니던 왕관은 바로 새 주인을 찾았다. 헨리 7세는 장미전쟁을 종식시키고 플랜타지네트 왕조를 대신할 새로운 영국의 왕조를 창시하였다.

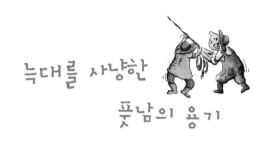

늑대를 사냥한 풋남의 용기

1. 공포의 발자국

"늑대다! 늑대!"

세 명의 농부들이 들판을 가로질러 나 있는 발자국을 들여다보고 있었다. 한 농부는 총을 들었고 나머지 두 농부는 각자 삼지창과 도끼를 들고 있었다.

"대체 무슨 수로 이놈을 잡지?"

그들은 더 이상 화를 참지 못하겠다는 듯 늑대를 향해 심한 욕설을 퍼부었다. 잠시 후 언덕을 넘어서 다른 농부들이 나타났다. 그들도 심하게 헐떡이며 늑대를 찾고 있었다.

"늑대를 보지 못했나?"

"우리도 알 수가 없다네. 놈의 발자국은 냇가 쪽에서 찾아냈지만 정확한 방향을 모르겠단 말이야!"

"놈은 예전에 본 늙은 놈이야. 그놈은 여기서 매년 겨울을 났지. 이번에도 분명 그럴 거란 말이야."

"그놈이 지난밤에 내가 기르던 양 세 마리를 죽였어."

그들 중 데이비드 브라운이 말했다.

그 말을 받아 토마스 태너가 말했다.

"그 정도는 약과야. 매년 그놈이 우리 집 양 스무 마리 정도를 죽이니 나에 비하면 자넨 아무것도 아니야."

이번엔 그들의 말에 반박을 하듯 이스라엘 풋남이 말했다.

"그런데 자네들, 그 많은 양이 없어지는 걸 보면서 그놈 혼자 한 짓이라고 어떻게 확신을 한단 말인가?"

"척 보면 모르겠나? 매번 같은 발자국이니까 하는 소리지. 놈은 한쪽 발가락이 없어서 쉽게 구별이 된다구."

"음, 언젠가 놓았던 덫에 걸렸던 모양이군. 그래서 빠져나가려고 발버둥을 치다가 발가락 하나가 잘렸겠지. 잘 알았네!"

태너가 그들에게 말했다.

"사무엘 스태가 언제 한 번 아침에 놈을 보았는데 무시무시한 덩치에 큰 양 한 마리를 입에 물고 언덕을 뛰어넘었다고 했어. 놈은 언덕 꼭대기에 가족을 거느리고 있다더군. 수많은 늑대들이 우굴 거리고 있으니 그렇게 많은 양들이 죽어나갈 수밖에. 놈들도 먹고 살아야 될 테니까."

"알았어. 다시 발자국을 따라가 보자고."

풋남이 말했다.

사람들이 출발하자 풋남을 비롯한 세 명의 농부가 그들을 따라 진흙 밭에 찍혀 있는 늑대 발자국을 따라나섰다. 하지만 좀 늦게 출발한 터라 언덕 위에서 그만 앞선 사람들을 놓치고 말았다.

"우리만 따로 떨어져서 위험하게 되었으니 내일 사람들을 모아 다시 오자고. 어차피 지금은 너무 늦었고 사람들도 부족하니까."

풋남의 말을 들은 세 명의 농부들은 고개를 끄덕이며 각자의 집으로 향했다.

2 굴 속의 공포

다음날 스무 명 가량의 남자들이 모여 늑대 사냥에 나섰다. 드디어 그들은 언덕 꼭대기에 있는 늑대 굴 앞까지 다가갔다. 사람들은 늑대 굴 앞에서 소리를 치며 굴속으로 돌멩이를 던졌다. 그러나 약아빠진 늑대는 모습을 숨기고 좀처럼 정체를 드러내지 않았다. 그러자 이스라엘 풋남이 말했다.

"내가 놈을 나오게 하지."

그는 늑대 굴로 향했다. 굴 입구는 큰 바위 두 개가 놓여 있는 매우 좁은 곳이었다. 그가 머리를 들이밀고 안을 들여다보았지만 너무 어두워서 아무 것도 볼 수가 없었다.

풋남은 자신의 허리에 밧줄을 묶고 동료에게 말했다.

"어이, 이 줄 끝을 잡고 있게나. 만일 줄이 심하게 흔들리면 얼른 나를 잡아끌어줘야 한다네. 그렇지 않으면 난 죽은 양의 꼴이 될 거야. 잘하면 몸통은 늑대에게 먹히고 다리만 나올지도 몰라. 그러니까 신호가 오면 재빨리 당기게."

풋남은 무릎을 꿇고 조심스레 안으로 기어들어갔다. 그렇게 기어가다가 드디어 뭔가를 발견했다. 그것은 조그맣게 피어오르는 불꽃 같아 보였다. 그는 그것이 늑대의 두 눈임을 알고 있었다.

밧줄을 힘차게 흔들었다. 그러자 그의 신호를 받은 동료가 재빨리 줄을 당겨 그를 밖으로 끌어냈다.

그들은 풋남이 좁은 굴 안에서 빤히 쳐다봤을 늑대를 생각하며 경악했다. 하지만 그는 아무 소리 없이 총을 달라고 했다. 다시 한 손에 총을 든 그는 늑대 굴로 기어들었다. 안에 숨어 있던 늑대가 다시 그를 바라보며 으르렁거렸다. 그 소리를 들은 밖의 사람들은 두려움에 사로잡혀 아무 말도 할 수가 없었다.

그렇다고 풋남을 말릴 수도 없는 노릇이었다. 그러나 정작 늑대를 대하는 풋남은 침착하기 이를 데 없었다. 그는 조용히 늑대를 향해 총을 쏘았다.

총소리를 들은 밖에 있는 동료들이 급하게 줄을 잡아당겼다. 늑대 굴 쪽으로는 날카로운 돌들이 많았고 그 돌들은 늑대에게 천연요새를 만들어주었던 것이다.

풋남은 다시 총을 장전한 후 늑대 굴로 기어들어가려 했다. 그가 조심스럽게 굴 쪽으로 귀를 기울이자 아무 소리도 나지 않았다. 분명 늑대는 숨을 죽이고 있다가 자신에게 달려들 것이 뻔했다.

늑대 굴로 향한 풋남의 세 번째 도전이 시작되었다. 그러나 굴 안으로 들어간 그는 아무것도 볼 수가 없었다. 늑대의 번득이는 두 눈도 볼 수 없었고 으르렁대는 소리도 들을 수 없었다. 이미 늑대는 총에 맞아 죽어 있었다.

풋남이 굴속에 오래 머물게 되자 밖에 있던 동료들이 경고신호를 보냈고 잠시 후 풋남의 신호를 받고 좀 무겁다는 생각이 들긴 했지만 동료들이 사력을 다해 줄을 당겨 끌어내었다.

그제야 동료들은 밧줄을 잡아당길 때 왜 그리 힘이 들었는지 알 수 있었다. 풋남과 늑대가 줄에 같이 매어져 있었던 것이다.

이 일은 풋남이 젊은 시절에 있었던 일이었다. 세월이 지난 얼마 후 혁명이 일어나자 누구보다 먼저 보스턴으로 달려가 그들을 도운 풋남은 그 용감성으로 영국군대에게 엄청난 타격을 가했다.

그는 미국의 역사에 영원히 기록될 인물로 남았고 지금까지도 미국인들로부터 추앙을 받고 있다.

어린 정찰병 앤드류

앤드류 잭슨이 어린 소년이었을 때다. 그는 그때 사우스캐롤라이나에 살고 있던 어머니와 같이 생활을 했다. 그가 여덟 살 되던 해, 어머니로부터 그 유명한 렉싱턴 전투의 영웅 폴 리비어에 대해 듣게 되었다.

흔히들 혁명이라 불리던 그 전쟁은 정말 오래 지속되고 있었다. 왕의 군사들은 쉬지 않고 여기저기에 포진해 있다가 미국의 도시를 공격했다. 사람들은 그들을 영국 사람들이라고 했다. 어떤 이들은 빨간 외투의 사내들이라 부르기도 했다.

그곳에서는 수많은 전투가 벌어졌고 그러다보니 미국과 영국의 전쟁에서 역사에 기록될 명 전투 장면이 영화처럼 연출되기에 이르렀다.

치열한 전투는 급속도로 확산되어 결국 사우스캐롤라이나의 찰스턴 역시 전쟁의 소용돌이에 휘말릴 수밖에 없었다. 그때 앤드류 잭슨은 큰 키에 은색 머리칼을 휘날리는 17세 소년으로 자라나 있었다. 그가 비장한 각오를 밝혔다.

"내 기필코 그 붉은 코트의 군대를 내 나라에서 내쫓아 버릴 테다. 내가 나서는 순간 네놈들에겐 죽음밖엔 없을 것이다!"

그는 이렇게 각오를 다진 후 형이 살고 있던 작은 목장의 말을 타고 전쟁터로 향했다. 아무리 봐도 17세 소년이 군인이 된다는 건 좀 무리가 있었다. 막상 군인이 되려던 그는 나이에 밀려 그만 전투병이 될 수는 없었지만 비전투원인 정찰병은 될 수가 있었다. 키가 크고 늠름한 그는 자신의 임무를 착실히 수행했다. 어린 나이에도 불구하고 용감하기 이를 데 없어 장교들의 신임을 받았다.

어느 날, 말을 탄 채 산길을 헤치고 나가던 그는 그만 몇 명의 영국군 병사들에게 발각되어 곧 생포될 수밖에 없었다.

그들은 그를 영국군 막사로 데려갔다. 영국군 파견대장이 그에게 물었다.

"네 이름이 무엇이냐?"

"앤드류 잭슨이다."

"좋아, 앤드류 잭슨, 네가 할 일을 주겠다. 무릎을 꿇고 내 군화에 묻은 진흙을 닦아라. 아주 반짝반짝 윤이 나도록 말이다."

그 말을 들은 앤드류가 거만하게 서 있는 파견대장을 노려보면서 한마디 했다.

"난 전쟁포로요. 그러니 포로대접을 해주셔야 합니다."

그 말에 파견대장은 발끈해서 소리쳤다.

"네놈은 반역자에 불과하다! 네놈이 할일은 바로 이 자리에서 무릎을 꿇고 내 군화를 반짝반짝하게 닦는 것이다. 그 이상은 없다."

"내가 살아있는 한 그 어떤 영국인들에게도 종노릇은 하지 않을 것이오!"

그 말을 들은 파견대장은 불같은 화를 이기지 못하고 칼을 뽑아들고 칼등으로 소년을 내려쳤다. 앤드류는 손을 뻗어 칼날을 막느라 손가락이 깊게 베이고 말았다. 그 모습을 본 다른 장교들이 사태를 수습하느라 소리치며 달려들었다.

"이 소년은 정말 용감한 병사입니다. 이 소년에게 예우를 갖춰주시기를 원합니다. 대영제국 장군의 체면을 지키셔야 합니다."

얼마 후 앤드류는 포로 신분에서 벗어날 수 있었다. 영국군은 정말 용감하고 당당한 그를 예우하는 입장에서 찰스턴의 집으로 돌려보냈던 것이다.

세월이 흐른 얼마 뒤 앤드류는 국회의원이 되었고 테네시 주 대법원장으로 선출되었다. 또한 장군으로 임명되어 전쟁에서 맹활약을 했고, 여든 살에는 미합중국 대통령이 되었다.

시인의
예의

알몬서란 이름을 가진 아랍의 유명한 왕이 있었다.
그는 아랍의 통수권자이며 칼리프(이슬람의 예언자인 마호메트를
뜻하는 말로 신의 사도의 대행자라는 말로 통한다)로 통했다.

그는 시를 무척 사랑하는 사람이어서 유명한 시인들이 지은 아름
다운 시를 늘 읊조렸다. 또한 마음에 드는 시를 지은 시인을 칭찬하
며 그에게 상을 내리기도 하였다.

어느 날, 타리비라는 유명한 시인이 장문의 시를 낭독하기 위해
알몬서를 방문하게 되었다. 낭독을 마친 시인이 칼리프에게 정중한
인사를 올리고 칼리프가 친히 하사하는 금일봉을 기대하고 있었다.
칼리프는 시인을 초청하게 되면 후한 사례를 하는 것으로 유명했다.

"하나를 선택하시구려. 금화 삼백 닢을 받을 것인지, 아니면 삶의

지혜로움을 북돋울 말씀을 받고 싶은지.”

그 말을 들은 시인은 칼리프의 조언을 택했다.

“오, 대왕이시여, 모든 사람들은 부귀보다는 지혜로움을 원합니다.”

칼리프는 자신의 조언을 택한 가난한 시인을 바라보며 한마디 했다.

“좋소, 그럼 나의 세 가지 삶의 지혜를 들어보시구려. 첫 번째, 당신의 코트는 매우 낡았소. 다시는 헝겊으로 옷을 깁지 마시오. 그렇게 마구 깁다보면 아주 볼썽사나워지니까.”

“오, 진정 부끄럽습니다.”

시인은 왕의 말을 듣고 큰 한숨을 쉬었다.

다시 칼리프가 미소를 지었다.

“내 두 번째 조언은 이것이오. 당신은 면도를 할 때 너무 많은 기

름을 바르기 때문에 흘러내린 기름들이 옷을 적셔 그것도 아주 볼썽
사납구려."

"그것 역시 부끄럽기 그지없습니다. 정말 무슨 말씀을 드려야 될
지 모르겠습니다."

"아직 내 말은 끝나지 않았소. 내 세 번째 삶의 조언은……."

시인은 무슨 말이 나올지 몰라 자비를 베풀어달라고 했다.

"대왕이시여, 제발 제게 자비를 베푸시기를 바라옵니다. 세 번
째 조언은 그냥 폐하의 가슴속에 새겨 두시고, 제게는 그냥 금화를
주시길 바라옵니다."

그 말을 들은 칼리프가 큰소리를 내며 웃었다.

칼리프는 금화 오백 닢을 시인에게 하사하였다. 시를 낭독한 대
가로는 정말 훌륭한 보답을 받은 것이다.

알몬서 칼리프는 약 2000년 전의 인물이었다. 알몬서는 바그다
드에 예술적 건축물들을 많이 지은 사람으로 유명하다.

작은 생명도 소중하게 여긴 장군

큰 전투가 시작되었다. 폭탄이 터지는 소리가 들렸지만 병사들은 무조건 돌격을 외치며 앞으로 나아갔다.

한 용감한 장군 하나가 전장 속을 누비고 있었다. 폭탄 하나가 날아와 공기를 가르며 그의 주위로 떨어졌다.

"장군님, 여기는 정말 위험합니다. 어서 안전한 곳으로 피하셔야 합니다."

보좌관이 말 위에 올라탄 채 장군에게 말했다. 그러나 장군은 아랑곳하지 않고 계속 말 위에 앉아 있었다. 순간 장군이 뭔가를 발견했다는 듯 급히 말을 멈추고 나무 아래를 내려다보았다.

"멈춰라!"

장군은 곁에 있던 보좌관에서 말했다. 곧바로 장군은 말 아래로 뛰어내렸다. 장군은 나무 아래에 떨어져 있던 새 둥지 하나를 집어 들었다. 둥지 속의 새들은 너무도 작아보였다. 아직 어미 새가 되기엔 멀기만한 새끼들이었다.

새들은 어미가 입에다 먹이를 넣어줄 때처럼 입을 벌렸다. 장군이 새를 들여다보며 보좌관에게 말했다.

"이 작은 새들을 내팽개치고 여기를 떠나고 싶은 생각이 없다."

새집을 집어든 장군은 어린 새에게 안전한 장소를 찾아 나섰다. 사방을 둘러보던 장군은 큰 나무 아래의 안전한 은신처를 발견할 수 있었다. 다시 폭탄이 장군의 주위로 떨어졌다.

새집을 내려놓은 장군은 급히 말안장으로 올라 보좌관을 찾았다. 폭탄소리가 사정없이 공기를 가르고 있었다. 그 속에 병사들의 찢어지는 비명소리도 들렸다. 항시 전쟁은 이렇듯 아수라장으로 변하는 것이 다반사였다.

이런 위급함 속에서도 작은 새에게 끄떡없는 벙커를 만들어준 사람은 다름 아닌 위대한 장군 로버트 리였다. 그의 이름을 딴 리 전차가 만들어진 적도 있었다.

로버트 리는 미국의 군인이자 교육자로 남북전쟁 당시 남부군에 참가하여 버지니아 주병(州兵)의 지휘를 맡았으며 남부 연합 대통령 J.데이비스의 군사고문 및 군사령관으로 임명되어 각지에서 분투하였다.

길버트의 용기

프랑스에 마퀴스 라피아테라는 유명한 사람이 살고 있었다. 그가 어렸을 적에 어머니는 그를 길버트라 불렀다. 길버트 디 라피아테의 아버지를 비롯해 집안 어른들은 대대로 용감한 사람들이었고 길버트에게도 그 피가 흐르고 있었다.

어린 길버트는 조상들의 용기에 매우 자부심을 지니고 있었다. 그리하여 그는 자신이 자라게 되면 꼭 훌륭한 조상들처럼 집안을 빛낼 것이라 생각했다.

그의 집은 깊은 산골에서 그리 떨어지지 않은 곳이었다. 그가 어린 소년이었을 때 가끔 어머니와 함께 산길을 걷곤 하였다. 그렇게 산보를 나갈 때마다 어린 길버트는 어머니에게 이렇게 말했다.

"엄마, 산길을 걷는다고 무서워하지 마세요. 엄마 곁에는 제가 있잖아요. 그 무엇도 엄마에게 해를 입히지 못할 거예요."

그 말을 들은 어머니는 어린 아들의 머리를 쓰다듬어 주며 미소를 지었다.

"그래, 네가 곁에 있어서 엄마는 정말 든든하단다."

어느 날 숲속에서 사나운 늑대 한 마리가 나타났다는 소리가 들렸다. 그 늑대는 덩치가 매우 컸으며 농장에 침입해 양을 한 입에 물어 죽였다고 했다. 그 말을 들은 어린 길버트는 속으로 생각했다.

'늑대는 무서운 동물이야. 만일 내가 그 늑대와 마주친다면 어떻게 해야 할까?'

그의 나이는 겨우 일곱 살밖에 되지 않았다.

마침 어머니가 아들에게 산책을 나가자고 했다.

"그래요, 엄마. 하지만 만일 숲 속에서 늑대를 만난다 해도 두려워하지 마세요. 제가 있잖아요."

그 말을 들은 어머니가 미소를 지었다. 산책하는 길은 그리 깊은 숲이 아니라서 어머니는 전혀 위험하지 않다고 생각했다.

어머니와 어린 아들이 산책을 나간 곳은 집에서 그리 멀지 않은 산길이었다.

어머니는 나무 그늘에 앉아 며칠 전에 구입한 새 책을 보고 있었고 길버트는 그 옆에서 혼자 놀고 있었다.

햇살이 따사롭게 피어오르고 있었다. 길버트는 주위를 둘러보았다. 갑자기 그의 걸음이 빨라졌다. 하지만 매우 조심스런 발걸음이었다. 산그늘을 따라 조심스레 내려가고 있었다. 길버트는 긴장하

며 주위를 둘러보았다. 그러나 보이는 건 조심성 있는 다람쥐와 작은 짐승들뿐이었다. 저쪽에선 제법 큰 토끼들이 달아나고 있었다.

앞으로 계속 걸어가던 길버트는 곧 깊게 우거진 숲속으로 들어서고 말았다. 우거진 숲은 길이 나 있는 끝 쪽으로 바로 연결되어 있었다. 그는 앞을 가로막는 수풀들을 헤치며 조금씩 앞으로 나아갔다. 잠시 후 숲속에 어둡고 깊게 드리워진 그늘을 바라보았다.

"분명 이곳에 늑대가 있는 게 분명해."

어린 길버트는 여린 주먹을 쥐며 비장한 각오를 했다. 어떤 동물의 발자국 소리가 들려왔다. 그 뭔가가 그가 있는 숲 속으로 다가오고 있었다. 그 짐승이 바로 앞에서 멈춰서는 순간이었다.

"이건 분명 늑대야! 내가 장담할 수 있어! 놈은 나를 못 보았지만 나는 놈의 바로 앞에 있는 거야. 내가 점프를 해서 놈에게 달려들어 목을 죄면 녀석은 그만 숨이 넘어가겠지!"

이런 생각을 하고 있는 사이 그의 앞으로 그 짐승이 더욱 가까이 다가왔다.

길버트는 확실하게 짐승의 발걸음소리를 들었다. 깊은 숨을 몰아쉬었다. 어린 길버트였지만 기회를 잡기 위해 매우 침착하게 때를 기다리고 있었다.

"놈은 분명 나를 물려고 할 거야. 아마도 놈이 휘두르는 날카로운 발톱에 상처를 입겠지. 하지만 나는 용감한 사내야. 아무리 아파도 난 울지 않을 거야. 나는 내 강한 팔 힘을 놈에게 보여주겠어. 나는 당당히 놈을 잡아 매달고 숲으로 나가 엄마에게 자랑할 거야!"

그 짐승은 더욱더 다가와 길버트의 코앞에 서 있는 것 같았다. 그는 바로 앞에 서있는 짐승의 그림자를 훔쳐보며 우거진 숲을 손으로 헤쳐 나갔다. 점점 숨이 가빠졌다. 그는 그렇게 백 미터를 뛰는 자세를 취하며 달려들 준비를 했다.

"엄마의 자랑스러운 아들임을 보여주고 말 테다!"

분명 거기엔 늑대가 있었다.

길버트가 본 것은 거친 털을 지닌, 머리에 둥근 눈을 가진 늑대였던 것이다. 그는 자리를 박차며 뛰어들어 그 짐승의 둥근 목을 휘어잡았다. 하지만 그 짐승은 그를 물거나 상처내지 않았다. 더군다나 으르렁거리지도 않았다. 그 짐승은 그가 달려들자 재빨리 껑충 뛰면서 그를 땅에다 떨어뜨리고 얼른 숲 속 빈 공간으로 나가더니 물끄러미 큰 눈으로 응시했다.

그 모습을 보면서 길버트는 발걸음을 옮겼다. 다행히도 전혀 상처를 입지 않았다.

과연 길버트가 만난 동물은 무엇일까? 그것은 늑대가 아니었다. 그 짐승은 숲에 방목되어 있던 살찐 암송아지였다.

길버트는 늑대를 놓친 것을 안타깝고 부끄럽게 생각하며 얼른 숲길로 빠져나와 어머니에게 달려갔다. 길버트의 눈에는 눈물이 고여 있었지만 자랑스러웠다.

아들을 찾던 어머니가 자신을 향해 달려오는 아들을 보고 얼른 안았다.

"길버트, 어디 갔었니? 엄마가 널 얼마나 찾았는데!"

길버트는 어머니에게 그간 겪었던 사실들을 말해주었다. 입술은 떨려왔고 그만 울음을 터뜨리고 말았다. 어머니가 아들을 안으며 이렇게 말했다.

"길버트, 엄마의 말을 명심해라. 너는 정말 용감한 소년이란다. 네가 만난 것은 송아지였지만 그건 네겐 늑대였단다. 정말 다행히도 그곳엔 늑대가 없었단다. 하지만 너는 정말 큰 위험에 처했었다. 너는 분명 그렇게 알고 있으면서도 용감하게 행동을 했으니 결국 늑대를 잡은 거나 마찬가지란다. 엄마는 그렇게 알고 자랑스럽게 생각하고 있단다. 그러니 이젠 안심해라. 너는 나의 자랑스러운 영웅이란다. 아빠와 할아버지 못지않게 말이다."

길버트는 미국 사람들이 자신들의 자유를 위해 영국과 싸우고 있을 때 마퀴스 라피아떼라는 이름으로 기꺼이 병사들과 군비를 지원해줬다. 그는 워싱턴 장군의 친구였다. 라피아떼란 이름은 미국의 영원한, 자유의 여신상처럼 용감함과 고귀함의 상징으로 세상이 끝날 때까지 기억될 것이다.

나라를 구한
말잡이 폴 리비어

한밤중에 말잡이가 된 폴 리비어에 관한 이야기는 예전에 영국의 왕이 이 나라를 통치하고 있을 때 있었던 일이다.

보스턴으로 수천 명의 영국 군인들이 쳐들어 왔다. 왕은 병사들을 보내 자신의 법에 순종하라며 시민들을 협박하였다.

무례한 수천 명의 병사들이 총칼을 들고 도시를 누비며 그 누구도 저항하지 못하도록 시민들을 가두어놓았다. 그러나 시민들이 가만히 있지는 않았다.

"그들은 자유시민인 우리들을 학대하고 있다. 우리를 노예로 만들려고 해도 우린 자유인이다. 그들은 아무것도 얻지 못할 것이다. 우리는 자유가 아니라면 죽음을 택할 것이다."

시민들은 하나가 되어 똘똘 뭉쳤다. 용감한 사람들은 자신의 고향을 등지고 보스턴으로 모여들었다. 그들은 당당히 말했다.

"우리는 왕에 대항하여 싸우고 싶지는 않다. 그러나 우리는 자유인이다. 왕의 군인들은 우리를 노예로 만들지 못한다. 보스턴에 모인 우리들은 자유를 위해 기꺼이 목숨을 바칠 것이며 그들에게 대가를 치르게 할 것이다. 이 나라 사람 모두는 그걸 영광으로 생각한다."

사람들은 왕의 병사들을 두려워하지 않았다. 어떤 사람들은 보스턴 근처의 도시인 찰스 광장에 캠프를 치고 대기했다.

찰스 광장 언덕 위에 있던 사람들은 그곳보다 지대가 낮은 적들의 지형이 바로 눈에 들어와 병사들의 일거수일투족을 모두 지켜볼 수가 있었다.

찰스 광장의 사람들은 적들로부터 자신들을 방어할 준비가 충분히 되어 있었다. 그들의 사기는 그 어떤 군대를 맞아 싸운다 해도 이길 수 있다는 자신감으로 불타올랐다. 시민들은 병사들을 대항해서 32km 떨어진 콘코드에 화약을 비치해 놓았다. 그때 병사들은 보스턴 사람들이 화약을 준비해 놓았다는 소식을 듣고는 자신들을 위해서라도 그 화약을 손에 넣어야겠다는 생각을 했다.

그런 광경을 지켜보고 있던 찰스 광장에는 폴 리비어라는 용감한 젊은이가 있었다. 그는 자신이 할 수 있는 모든 것을 나라를 위해 바치리라 굳은 각오를 하였다.

어느 날, 보스턴에 살고 있던 그의 절친한 친구가 병사들의 포위망을 교묘히 뚫고 그를 찾아왔다.

"친구, 아주 중대한 기밀사항이 있어서 이렇게 왔네. 적들이 콘코드에 화약이 있다는 말을 듣고 그것을 탈취하려고 오늘 밤에 출정을 한다고 하네!"

그 말을 들은 폴 리비어는 크게 놀랐다.

"그래? 정말이야? 하지만 놈들에게 절대로 화약을 빼앗길 수는 없지. 내가 이 자리에 있는 한 말이야. 나는 콘코드의 모든 시민들과 함께 이곳을 지킬 것이네. 자네의 도움이 필요하니 부디 나를 도와주게나."

"물론, 그래서 내가 목숨을 걸고 이곳으로 오지 않았나."

"그러면 자넨 지금 보스턴으로 돌아가 놈들을 주시하게나. 그러다가 놈들이 출발하기 시작하면 북쪽 광장에 있는 교회 탑 꼭대기에 등불을 걸어주게. 또 놈들이 강을 건널 것 같으면 하나를 더 매달고 말이야. 나는 여기서 준비를 하고 있을 테니까. 그 불빛을 보고 말을 타고 다니면서 일일이 사람들에게 알릴 거라네."

곧 밤이 되었다. 그는 자신의 충성스런 말과 강 반대편에 서서 보스턴에 있는 북쪽 광장만을 주시했다. 어둠이 다가와 탑은 전혀 보이지 않았지만 그래도 그는 몇 시간이고 신호가 있을 보스턴 쪽을 쉬지 않고 바라보았다.

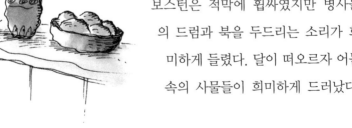

보스턴은 적막에 휩싸였지만 병사들의 드럼과 북을 두드리는 소리가 희미하게 들렸다. 달이 떠오르자 어둠 속의 사물들이 희미하게 드러났다.

하지만 보스턴의 교회 탑은 거리가 멀어 보이지 않았다. 그래도 점차 교회의 탑이 희미하게나마 윤곽을 드러냈다. 그곳에 등불이 걸리게 된다면 알아볼 수 있을 것이다.

이윽고 교회의 종소리가 적막을 깨고 조그맣게 들렸다. 시계소리가 열 시를 알리고 있었다. 그는 여전히 교회 꼭대기에 걸릴 불빛만을 신경 쓰고 있었다. 시계추가 열한 번 울리는 소리를 듣고 서서히 피곤함을 느꼈다. 그는 쏟아지는 잠을 쫓기 위해 강둑으로 말을 몰았다. 그때 그의 눈에 연한 불꽃이 피어오르는 것이 보였다. 분명 북쪽 교회였다.

"놈들이다! 놈들이 움직이기 시작했어!"

조그마한 점 같은 불꽃이 피어오르더니 결국 환하게 타올랐다. 드디어 불꽃이 피어오른 것이다.

폴 리비어는 적들이 출발했다는 것을 알 수 있었다. 그는 자신의 애마를 쓰다듬었다.

"자, 이제 힘차게 달려보자구나."

말은 당장이라도 힘차게 달려 나갈 기세였다. 그때 다시 선명하게 두 개의 불꽃이 피어올랐다. 이번에는 너무도 선명하게 보였다. 적들이 드디어 강을 건넜다는 신호였다.

폴 리비어는 바람같이 달려 나갔다. 그의 말은 강한 점프력으로 대지를 박차고 힘차게 나아갔다. 그는 곳곳을 누비며 큰소리로 외쳤다.

"일어나시오! 어서 일어나시오! 놈들이 쳐들어온단 말이오, 어서 방어막을 칩시다."

그의 다급한 외침 소리에 농부들은 자리를 박차고 일어나 싸울 준비를 했다.

"붉은 코트를 입은 병사들이 쳐들어온다. 자유를 위해 싸우자!"

폴 리비어의 엄중한 경고는 사람들을 전사로 만들어놓았다. 그 말을 들은 모든 남자들이 무장을 했다. 총을 들고 나서는 사람, 총이 없으면 도끼를 들고 나서는 사람들 모두는 바로 이름 없는 전사인 것이다.

그렇게 밤새도록 폴 리비어는 말을 타고 달렸고, 전투태세를 갖춘 사람들의 모습은 전의로 가득 찼다. 이 모습을 본 병사들은 그만 전의를 상실하였고 작전은 수포로 돌아갔다. 병사들이 콘코드로 들어가 보니 이미 화약이 있던 창고는 불에 타고 말았다.

렉싱턴은 콘코드에서 가까운 곳이었다. 렉싱턴 전투로 불리는 그 전투가 바로 혁명의 시작을 알리는 신호탄이 된 것이다.

모든 사람들이 한 사람도 빠짐없이 싸우러 나왔던 것이다. 그때까지 보스턴의 안전을 위해 그렇게 많은 사람들이 모였던 적은 일찍이 없었다.

마지막 순간에도 희망을

코네티컷에서 벌어진 어둠에 관한 이야기이다.

오월 어느 날, 물론 수백 년 전의 일이었다. 그날도 어김없이 태양은 뜨고 세상을 밝혔다. 아침엔 구름 한 점 없이 쾌청한 날이었다. 나무 잎사귀 하나 흔들리지 않으니 정말 바람 한 점조차 없었다.

그런데 점심때가 되자 갑자기 하늘이 어두워지기 시작했다. 태양이 갑자기 숨어버리고 새까만 구름이 온 세상을 뒤덮는 듯했다. 새들은 둥지 속으로 날아들었고 소들은 방목장 앞에서 축사로 들어가려 몸부림을 쳤다.

하늘이 더욱 어두워지자 거리에 있던 사람들은 바로 앞도 구별할 수 없게 되었고, 모든 사람들은 공포에 질려 하늘을 바라보았다.

"무슨 일일까? 도대체 무슨 일이 일어난 걸까?"

사람들은 서로를 둘러보며 어깨를 움츠렸다. 어린아이들은 겁에 질려 울기 시작했고 여자들은 세상의 종말이 온 듯 공포에 질려 있었다. 담담한 남자들도 조용히 기도를 올리고 있었다.

"정녕 세상의 종말이 왔단 말인가?"

몇몇 사람들은 소리를 치며 어둠 속으로 달려 나갔다.

"오늘이 바로 세상 종말의 날이다. 모두들 나와 회개하라!"

코네티컷의 법정에서는 지혜로운 사람들이 사태를 관망하고 있었다. 그 사람들은 법률가이자 이 나라의 지도자들이었다. 물론 그들도 적잖은 공포에 몸을 떨고 있었다.

"오늘이 바로 신의 날입니다. 바로 심판의 날이지요 ."

사람들은 한숨을 쉬면서 체념했다.

"그럼 이젠 법률이 필요 없게 되었군요."

"이제 우리도 더 이상 이 자리에 머물 이유가 없군요."

그때 아브라함 대빈포트가 자리에서 일어나 한 마디 했다. 그의 목소리는 한없이 침착했다.

"나는 세상 종말이 언제 올지 알 수 없습니다. 그러나 나는 우리가 살아 있는 이상 최선을 다해야 됨을 믿고 있습니다. 자, 어서 각자의 자리에서 최선을 다합시다. 어서 촛불을 켜고 실내를 밝힙시다. 그것만이 최선을 다하는 길이지요."

그의 말에 많은 사람들이 용기를 얻어 심한 공포에서 벗어날 수가 있었다. 곧 실내가 밝아졌다. 불빛에 의해 희미하게나마 아브라함 대빈포트의 강인한 얼굴이 드러났다. 그는 감동적인 연설로 아

직도 두려움을 떨치지 못하는 사람들에게 희망을 안겨주고 있었다. 설사 그날이 최후의 날이라 해도 그로 인해 사람들은 그 시간을 평화롭게 맞이할 수 있었던 것이다.

그의 연설은 어둠이 걷힐 때까지 지속되었다. 다른 법률가들은 조용히 앉아 그때까지 그의 연설을 듣고 있었다.

코네티컷 사람들은 지금까지도 아브라함 대빈포트를 기억하고 있다. 그는 용감한 판사였으며 현명한 법률가였기 때문이었다.

인간적인 가우타마

먼 서쪽 나라에 가우타마라는 왕자가 살고 있었다. 왕과 왕비는 왕자의 삶이 기쁨이 가득하도록 언제나 정성을 다하여 돌보았다.

왕자는 시간이 지남에 따라 건실한 청년으로 자라났다. 그러나 왕자는 아직까지 궁궐 밖을 한 번도 나가보지 못했기 때문에 늘 궁궐 밖의 세상이 한없이 궁금했다.

왕자는 지금까지 한 번도 세상의 사악함이나 불미스런 일들을 보지 못했고, 슬픔이나 병약함, 그리고 가난함에 대해서 들은 적도 없었다. 그의 눈에 비친 세상의 모습은 평화와 건강 그리고 즐거움밖엔 없었던 것이다.

어느 날, 왕자는 시종 하나에게 물었다.

"궁궐 밖의 모습을 얘기해 주오. 나는 한 번도 밖을 나가보지 못했소. 아마도 세상 밖은 궁궐보다 아름답고 행복한 세상일 테지요. 나는 정말 세상 밖을 보고 싶다오."

시종이 왕자에게 말했다.

"예, 왕자님. 세상은 정말 아름다운 곳이지요. 헤아릴 수 없는 수많은 꽃들과 나무들이 있고, 끝없이 펼쳐진 강과 깊은 연못이 있답니다. 보이는 모든 것들이 마음을 풍요롭게 해주지요."

"정말 보고 싶구나. 내일은 내가 직접 세상으로 나가 구경을 할 테니 그리 알도록 하시오."

왕자의 말은 곧 부모와 신하들에게 들어갔다. 그들은 세상물정 모르는 왕자가 실망할 것이 염려되어 극구 말리기에 여념이 없었다. 그리하여 그들은 하나같이 그 무엇도 궁궐 안보다 아름다운 것이 없다고 했다.

하지만 왕자의 마음은 확고했다. 그들은 더 이상 말릴 수가 없었다.

다음날 왕자는 자신의 마차에 앉아 세상을 향해 첫걸음을 내디뎠다. 그가 탄 마차가 궁궐 담 벽을 지나 거리로 진입했다. 왕자는 보이는 모든 것들에게 경이감과 신비로움을 느꼈다.

어린아이들은 옹기종기 마주한 조잡한 집 밖으로 나와 왕자의 행차를 구경했다.

왕자는 모든 것을 제대로 볼 수가 없었다. 이미 왕자가 지나가기 전에 거리의 모든 아픔과 가난을 미리 정리해놓았기 때문이었다.

하지만 왕자의 호위병들이 잠시 한눈을 팔고 있는 사이에 왕자의 마차는 다른 거리로 접어들어 그곳의 정황을 자세히 살펴볼 수 있었다.

그곳 길가에는 어린아이들이 보이지 않았다. 그곳을 지나 좁은 길에는 아주 늙은 노인이 비틀거리며 돌계단을 지나고 있었다. 그 모습을 본 왕자가 이상한 듯 시종에게 물었다.

"저 사람은 뭐지? 저 사람의 표정은 찌든 사과처럼 볼품없고 머리도 백발이군. 왜 저 사람은 걷는 데도 저렇게 힘들어하며 지팡이에 의지해 비틀거리는 거지? 저 사람의 정체가 뭐란 말이오? 저 사람은 우리와는 다른 사람이란 말이오?"

말안장에 앉아 있던 시종이 왕자에게 말했다.

"왕자님, 저 사람은 늙은이라서 그렇습니다. 저 노인은 적어도 80살은 넘었지요. 누구든 저렇게 나이를 먹게 되면 기력이 쇠진해져 저 노인과 같이 변한답니다."

왕자가 깜짝 놀라 물었다.

"뭐라고? 그렇다면 내게도 저런 날이 온다는 것인가?"

"아닙니다, 분명히 왕자님은 풍요롭게 오래오래 사실 겁니다."

"그게 무슨 소리란 말인가? 모든 사람들이 80살까지 사는 것도 아니란 말인가? 그전에 죽는 사람도 있고? 많이 살아야 80살이라고?"

그 말에 시종은 고개를 조아린 채 더 이상 대꾸하지 않았다.

왕자의 마차는 다시 다른 거리로 향했다. 궁전에서 한참 떨어진 거리로 들어선 왕자는 들녘에서 사람들이 일하고 있는 모습을 보았

다. 그 순간 갑자기 병을 앓고 있는 듯 보이는 앙상한 남자가 마차 옆으로 다가와 구걸을 했다.

그 모습을 본 왕자의 호기심이 다시 발동했다.

"이 사람은 왜 마차 곁에 엎드려 저렇게 애원하는 거지? 저 사람의 얼굴은 창백하기 그지없는데다가 뼈밖에 남아 있지 않은 모습이야. 저 사람도 노인이란 말인가?"

"아닙니다! 왕자님, 저 사람은 단지 병을 앓고 있을 뿐입니다. 가난한 사람들은 제대로 치료를 받을 수 없어서 저렇게 병을 고치지 못하는 경우가 많습니다."

"그건 또 무슨 소리인가? 왜 저렇게 병을 앓고 있냐는 말이다!"

왕자의 질문에 시종은 진땀을 흘리며 그가 알아들을 수 있도록 설명을 해주었다.

잠시 후 그들은 길옆에서 힘겹게 일을 하고 있던 한 무리의 사내들을 보게 되었다. 그들은 무더운 날씨에 땀을 뻘뻘 흘리며 쉬지 않고 일을 했다. 그들의 얼굴은 햇볕으로 인해 심하게 그을려 있었고 손에는 물집이 보였다.

무거운 짐을 둘러멘 사람들의 허리는 심하게 굽어져 있었다. 모두들 한결같이 찌든 표정으로 너덜너덜한 옷차림들이었다. 왕자가 그들을 바라보며 한숨을 쉬었다.

"저 사람들은 또 뭐란 말인가? 정말 안타깝구나. 이 더위에 저렇듯 땀을 흘리고 있으니! 기쁨을 잃어버린 힘든 표정밖엔 보이지 않는구나. 도대체 저들은 길거리에서 무엇을 하고 있는 것이지?"

"저들은 가난한 사람들입니다. 저들은 왕의 명을 받들어 길을 닦고 있습니다."

"가난한 사람들이라고? 가난하다는 게 무슨 뜻이지?"

"왕자님은 모르시겠지만 대부분의 세상 사람들은 저렇게 아무 가진 것 없이 태어나 가난하게 살아가게 되지요. 저들은 잘사는 사람들의 부름을 받아 저렇게 일을 하며 하루하루 먹을거리를 해결하면서 살아가고 있지요. 저들에겐 당연 기쁨보단 슬픔이 많지요."

왕자는 그 모습을 보면서 고개를 저으며 한탄했다.

"아, 이것이 내가 궁금해 했던 세상 밖의 아름다운 풍경이더란 말이냐? 진정 나는 세상을 모르고 살았다! 내가 얼마나 연약하고 어리석었는지 모르겠구나! 백성들이 이렇듯 고생하며 힘겹게 살고 있는데 나는 즐거움만을 추구한 채 그 속에서 헤어나질 못하고 있었구나. 세상이 이렇듯 슬픔이 많고 힘겨운지 예전에 미처 알지 못했다. 어서 나를 궁으로 데려가다오. 저들을 볼 면목이 없구나. 이제부터 나는 내 인생을 세상에서 힘겹게 살아가는 사람들을 위해 바칠 것이다!"

어느 날 밤 왕자는 궁궐을 빠져나와 그 후로 자신이 도우려고 마음먹었던 가난한 사람들과 함께했다.

가우타마는 석가모니의 속칭이다. 그의 위대한 행위는 그가 죽고 나서도 사람들에게 기억되어 지금까지도 수백만 명의 세상 사람들이 그를 추모하고 있다. 인간적인 가우타마라는 이름은 진정 오랫동안 세상 속에 영예로운 이름으로 기억될 것이다.

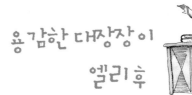

용감한 대장장이 엘리후

"**야, 이놈들아!** 내가 무슨 말을 했는지 알아?"

어린 학생들에게 선생님이 화를 내며 소리를 질렀다. 그가 화를 내는 이유는 학생들이 전혀 공부할 생각을 하지 않았기 때문이었다.

"여학생들도 더 이상 속삭이지 말라고 말했었지?"

화를 내는 선생님을 뒤로 하고 아이들은 여전히 수군거림을 멈추지 않았다. 선생님은 그제야 아이들이 떠들어대는 버릇을 도저히 고칠 수 없음을 알았다. 선생님이 아무리 화를 내도 아이들은 그때만 지나면 그만이었다. 이제는 아예 선생님의 화내는 소리조차 두려워하지 않았다.

점심시간이 반쯤 지나가자 아이들의 재잘대는 소리가 더욱 심각해졌다. 참다못한 선생님이 꾀를 내었다. 쉴 새 없이 수군대고 있는 아이들에게 선생님이 미소를 지으며 말했다.

"얘들아, 선생님과 재미있는 게임 한 번 할까? 너희들이 너무 재미있게 떠들어대니 이 방법밖에 없구나. 모두들 조용히 해라. 지금부터 제일먼저 떠드는 아이는 앞으로 나와 칠판 구석에 서 있어야 한다. 그 아이는 다음번 아이가 입을 열 때까지 계속 그렇게 서 있어야 한다. 빨리 그 자리를 탈출하고 싶으면 입을 여는 다른 아이를 잡아내면 된다. 어때? 재미있지 않겠니? 이곳으로 불려나온 아이들은 두 눈을 크게 뜨고 소리를 내는 친구를 확실히 보았다가 증거를 잡아야 된다. 만일 뉴턴이 먼저 떠들어 불려나왔다면, 뉴턴은 다른 친구가 떠드는 걸 보는 순간 그 친구의 이름을 부르며 들어가거라. 그 친구는 뉴턴 대신 이곳에 서 있다가 다시 떠드는 친구의 이름을 외치며 들어가야겠지. 무슨 말인지 알겠지? 이 게임은 종례시간까지 계속될 것이다. 너희들 중 마지막 시간이 끝날 때까지 서 있는 아이가 너희들을 대표해 벌을 받게 될 거다. 알아서 해라."

한 아이가 불끈 선생님의 말에 인상을 쓰며 대꾸했다.

"선생님, 그 벌이라는 게 뭔가요?"

"아마도 심하게 회초리를 맞을 거다."

선생님이 무뚝뚝하게 대답했다. 떠드는 아이들에게

지쳐버린 선생님은 매우 피곤했다.

어린 학생들에게 선생님이 말한 게임은 매우 재미있는 놀이 같아 보였다.

첫 번째로 토미 존스가 빌리와 함께 속삭이자 곧바로 불려나와 복도 쪽으로 섰다. 그러나 채 2분이 지나지 않아 빌리 브라운은 매리 그린이 떠드는 소리를 듣고 이름을 불러 두 학생의 자리가 바뀌게 되었다.

불려나온 메리는 사방을 둘러보며 사무엘 밀러가 옆 사람에게 연필을 빌려달라는 소리를 듣게 되어 그의 이름을 불렀다. 그렇게 우습게 시간이 지나 수업시간 종료 10분전이 되어버렸다.

그 시간으로 접어들자 아이들은 조바심을 내었다. 이제까진 떠들다 앞으로 나가도 별 문제가 없었지만 만일 운이 나빠 종례시간까지 서 있게 되면 대표로 매를 맞게 될 것이다.

아이들은 입을 열지 않았고 담임선생님이 정말로 자신의 말대로 매를 들 것인지 궁금해 했다.

아이들의 조바심과 궁금증에 교실 벽에 걸려 있는 시계의 초침소리까지 들렸다. 예전엔 결코 수업시간에 그런 소리를 들은 적이 없었다.

지금 서 있는 아이는 토미 존스였다. 토미는 거의 40분가량을 그렇게 서 있었다. 배배 몸이 꼬이던 토미는 얼른 그 자리를 벗어나고 싶을 뿐이었다. 토미는 다리를 비비 꼬며 떠드는 아이를 찾아내기에 혈안이 되었다. 그러나 종례시간이 다가옴을 눈치 챈 아이들은 매우 조용했다. 이제 어쩔 수 없이 토미가 반 아이들을 대신해 매를 맞아야 했다.

그때 토미에게는 다행스럽게도 루시 마틴이 책상에 기대어 앞쪽 아이에게 뭔가를 속삭이는 게 보였다. 루시는 학생들 중 최고로 인기 있는 예쁜 아이였다. 모든 아이들이 루시를 좋아했다. 루시는 정말 운이 없게도 그날 처음으로 수업시간에 떠들게 되었는데, 토미는 루시의 사정을 봐주지 않았다.

토미는 그저 그 자리를 빠져나가 매를 피하고 싶을 뿐이었다. 토미는 크게 루시의 이름을 불렀다.

"루시 마틴!"

자랑스럽게 루시의 이름을 부른 토미는 당당히 자신의 자리로 돌아갔다.

루시는 자신이 조그맣게 속삭인 사실조차 모르고 있었다. 단지 얼른 시간을 마치고 집으로 돌아가고 싶었을 뿐이었다. 정말 아무 생각 없이 말을 꺼냈던 것이다.

앞으로 불려나온 루시는 큰 눈에 눈물이 가득 고여 훌쩍이고 있었다. 앞으로 불려나온 사실에 대해 매우 부끄러워하며 마음의 상처를 받았다. 다른 아이들도 착하고 예쁜 루시의 작은 실수에 대해 동정을 표했다.

학생들은 이제 선생님이 진짜로 루시를 회초리로 때릴 것인지 매우 궁금해 했다. 시계의 초침은 쉬지 않고 흘러가 마지막 수업의 종소리가 일 분밖에 남지 않았다.

그때 한 학생이 세 칸이나 떨어진 토미 존스에게 큰소리로 뭔가를 물으며 선생님의 자리로 옮겨갔다. 모든 반 아이들이 당돌한 그 친구를 바라보았다.

그러나 루시 마틴은 울기만 할 뿐 그 아이의 이름을 부르지 않았다. 그 광경을 바라본 모든 아이들이 놀라 그만 할 말을 잃고 말았다. 그 아이는 학교에서 제일 공부도 잘하고 모범적인 아이였다.

이젠 종소리가 30초도 남지 않았다. 그 아이는 다시 돌아서서 큰소리로 말했다. 그 소리에 선생님조차 다른 말을 할 수가 없었다.

"엘리후! 네가 본보기로 매를 맞아야 한다. 네가 제일 많이 떠들었으니까!"

선생님은 화가 나서 그 학생의 이름을 부르며 앞으로 나오라고 했다. 그러자 아이는 아무 망설임 없이 성큼 앞으로 나왔다. 아이가 나오자 당연히 루시 마틴은 제자리로 돌아올 수가 있었다.

루시가 자리에 앉자마자 벨이 울렸다. 수업이 끝난 것이다. 모든 아이들이 집으로 돌아가고 선생님은 회초리를 들었다.

"엘리후, 내가 한 말을 기억하고 있겠지? 난 약속을 지킬 거다. 그전에 한 마디만 묻자. 왜 너같이 착실한 아이가 마지막 시간을 맞춰 떠들게 된 거지? 그것도 큰소리로 말이야."

아이는 차분히 대꾸했다.

"저는 단지 루시를 구해내려고 그랬던 겁니다."

아이는 아직까지도 자신의 행동이 옳았다는 듯 당당하고 용감하게 말했다.

"저는 도저히 루시 같이 착하고 예쁜 아이가 벌을 받는 걸 볼 수가 없었습니다."

선생님은 대견한 듯 아이를 바라보며 미소를 지었다.

"그랬구나? 당연히 그렇겠지. 어서 집으로 돌아가거라."

이 일화는 오래전에 뉴브리튼의 코네티컷에서 있었던 일이었다.

엘리후 버릿은 당시 매우 가난한 집에서 태어났기에 공부할 처지가 아니었지만 대장장이 일을 하면서 시간이 나는 대로 열심히 공부를 했다. 비록 대장장이 일을 하고 있던 그였지만 세계 각국의 언어에 관심을 보여 쉬지 않고 노력하여 많은 나라의 언어를 구사할 수 있게 되었다. 그래서 사람들은 그를 공부하는 대장장이라고 불렀다.

딘 스위프트의 예절 교육

어느 날 아침 딘 스위프트 집에 시끄러운 노크 소리가 들려왔다. 시끄러운 소리에 얼른 하인이 다가가 문을 열어보니 문밖에 서 있는 남자의 손에는 죽은 오리 한 마리가 들려져 있었다. 그가 말했다.

"이건 보이어 씨가 딘 선생님에게 보내는 선물입니다."

이 한마디만을 남기고 그는 돌아갔다.

며칠 후 다시 그 사람이 찾아왔다. 이번에 그의 손에 들려 있는 것은 메추라기였다.

"보이어 씨가 보내는 선물입니다."

보이어라는 사람은 이웃들과 사냥을 즐기는 사람이었다. 그는 언제나 최고의 사냥을 위해 연구하고 노력하는 사람이었다. 사람들은 그를 사냥을 위해 태어난 사람이라고 부르고 있었다.

보이어는 딘 스위프트를 무척 존경했기 때문에 그가 매일같이 잡는 사냥감 중에서 최고의 것을 그에게 선물하는 것조차 영광으로 여기는 사람이었다.

딘의 집을 다시 방문한 그 사내는 손에 꿩을 한 마리 들고 있었다.

"이것도 딘 선생님을 위한 선물입니다."

그는 거칠고 무례하게 선물을 하인의 팔에 안겨주었다. 그러자 하인은 주인에게 불평을 해댔다.

"저 사람은 정말 예의가 없는 사람입니다."

하인의 말을 들은 딘이 말했다.

"그래, 정말 그런 것 같군. 다음에 저 사람이 다시 찾아오거든 내가 나올 때까지 문을 열어주지 말게나. 내가 좀 교육을 시켜야겠어."

며칠 후 다시 무례한 사람이 선물을 들고 문을 두드렸다. 하인이 신호를 보내오자 딘이 즉시 그를 맞이했다.

"여기 보이어 씨가 보낸 토끼가 있습니다."

그는 예전처럼 무뚝뚝하게 말한 뒤 그대로 몸을 돌렸다. 그러자 딘이 단호한 목소리로 그를 불러 세웠다.

"잠깐, 여보시오. 귀한 선물을 그렇게 전하면 안 되는 법이지요. 내가 직접 보이어 씨가 전해주는 선물이라 믿을 수 있도록 시범을 보여줄 테니 따라오시오. 어떻게 선물을 건네주어야 받는 사람이 기뻐하는지 알려주겠소."

쑥스럽게 머리를 긁적이던 그가 딘을 바라보며 말했다.

"알려주신다니 영광입니다."

"당신은 나쁜 사람이 아닌데 예의를 갖추지 않아서 그런 무례함을 보이게 되는 겁니다. 그 점을 고친다면 모든 사람들이 당신에게 호감을 가지게 될 겁니다."

딘의 말을 들은 무뚝뚝한 사내가 안으로 들어왔다. 딘은 그가 들고 왔던 토끼를 들고 밖으로 나가 실감나는 연기를 하기 위해 자신의 집 다음 블록까지 걸어갔다가 곧 집으로 돌아왔다.

자신의 집 문 앞에 선 딘은 조용히 문을 두드렸다. 그러자 무뚝뚝한 사내가 문을 열어주었다. 딘은 그를 보자 정중히 인사를 한 후 이렇게 말했다.

"평안하신지요? 선생님, 보이어 씨가 선생님에게 경의를 표하기 위해 이런 선물을 보내셨으니 이 토끼를 받아주시면 고맙겠습니다."

"아! 감사합니다."

딘의 정중함에 당황한 무뚝뚝한 사내는 고개를 숙이며 감사의 표시를 했다. 그리고 자신의 지갑을 꺼내 몇 실링을 딘에게 주었다. 딘이 그에게 말했다.

"어때요? 분명 지난번 당신의 태도와는 뭔가 좀 다른 것을 알겠지요?"

이 예절교육은 유명한 일화가 되었다. 그 후 무뚝뚝했던 사람은 선물을 주러갈 때마다 매우 예의바른 사람이란 소리를 듣게 되었다. 딘은 항시 그 사람과의 예절 교육을 떠올리며 그것으로 무뚝뚝했던 사람의 성격이 바뀌게 되었다는 사실을 잊지 않았다.

조나단 스위프트는 가끔 딘 스위프트라고 불리기도 했다. 그는 아일랜드 태생으로 풍자작가이며 또한 성직자이다. 그의 주요 저서로는 세계적으로 유명한 《걸리버 여행기》가 있다.

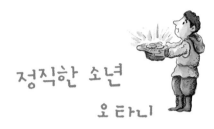

정직한 소년 오타니

싸이러스라는 위대한 왕이 페르시아를 통치하고 있었다.

한 작은 마을의 오타니라는 소년은 진실에 대해 교육을 받고 있었다. 소년은 학교나 가정에서도 모든 언행에 거짓이 없어야 함을 가르침 받았다.

"세상에 거짓말을 하는 것보다 더 나쁜 것은 없단다."

어린 오타니에게 그의 아버지가 말했다. 어머니 역시 같은 말을 했다.

"진실은 아름다운 거란다. 항상 그 사실을 간직하기 바란다."

그때 소년의 나이는 열두 살이었다. 그의 아버지는 아들이 큰 도시로 나가 훌륭한 학교에서 공부하기를 원했다. 그래서 오타니는 도시로 떠나는 상인들과 합류하여 유학길에 오르게 되었다. 길을 떠나는 아들에게 아버지가 손을 흔들었다.

"잘 다녀오너라. 아들아! 언제나 용감하고 진실한 사람이 되기를 바란다."

어머니도 눈물을 보이며 아이의 손을 꼬옥 잡아주었다.

"부디 무사히 다녀오너라. 진실과 사랑이란 아름다운 것이란다. 이 말을 언제나 간직하며 살아야 한다."

드디어 오타니는 상인들과 합류하여 긴 여행을 떠나게 되었다. 상인들은 낙타를 타거나 혹은 말을 타고 있었다. 갈 길은 멀지만 햇볕이 따갑고 길이 좋지 않아 그들은 천천히 앞으로 향했다.

밤이 밀려오자 갑자기 사방에서 도둑들이 나타나 칼을 겨누었다. 상인들은 그들을 대적할 힘이 없어 아무런 저항 없이 자신들이 지니고 있던 물건과 돈을 고스란히 내놓았다.

상인들의 물건을 털던 한 도둑이 오타니를 바라보며 물었다.

"꼬마야, 넌 무엇을 가지고 있지?"

오타니는 주저하지 않고 말했다.

"금화 마흔 개를 가지고 있어요."

그런 많은 양의 금화를 어린 아이가 지닐 수 없었기에 도둑은 어이가 없다는 듯 크게 웃고 말았다. 만일 지니고 있다 하여도 순순히 돈을 내놓은 경우는 없었다.

"어린 것이 어른을 놀리면 안 된다."

"진짜예요."

"그래도 이놈이? 그래, 좋다. 그럼 금화는 어디에 있지?"

"금화는 제 모자 안에 있어요. 또 속옷 속에도 있고요."

"그놈, 참 맹랑하구나. 누가 네 말에 속을 것 같으냐?"

도둑은 말에서 내려 확인하는 것이 못마땅했던지 다른 부유한 상인의 짐을 향해 갔다.

한 도둑이 다시 다가와 오타니에게 물었다.

"듣자하니 네게 금화가 많다며?"

"맞습니다. 금화 40개예요. 제 모자 속에 있는데요."

오타니가 태연스럽게 말하자 다시 그 도둑도 깔깔거리며 웃었다.

"너, 정말 대단한 놈이다. 감히 우리를 놀리다니."

그 도둑도 오타니가 재미있다는 듯 부유한 상인의 짐 쪽으로 향했다.

마침내 그들 중의 두목이 오타니를 불렀다.

"아이야, 너는 나에게 할 말이 있을 것 같구나. 대체 네가 가진 것이 무엇이 있더냐?"

그 말에 오타니가 한숨을 쉬면서 말했다.

"제 모자와 속옷에 금화 40개가 있다구요. 하지만 저 사람들은 제 말을 믿지 않고 그냥 가더군요."

두목은 두 눈을 크게 뜨며 말했다.

"그래? 내 부하들이 실수한 걸 사과하마. 얼른 네 모자를 벗어 봐라."

소년은 두목의 말에 그대로 순종했다.

두목은 소년의 셔츠 속에서도 금을 찾아내었다. 두목이 이상한 듯 소년에게 물었다.

"분명 금이 있구나. 네 말은 분명 사실이다. 만일 네 말이 거짓말이었다면 분명 네 목을 쳤을 것이다. 하지만 넌 왜 말하지 않아도 될 금에 대해 우리에게 말을 한 것이지? 그 누구에게든 금은 귀한 건데 말이다. 난 이제까지 너같이 많은 돈을 지닌 아이를 본 적이 없구나."

오타니는 두목을 똑바로 바라보며 당당히 말했다.

"저는 거짓말을 싫어하기 때문입니다. 거짓말하는 사람처럼 비겁한 사람도 없으니까요."

소년의 말에 두목은 한 대 얻어맞은 듯 잠시 멍하니 서 있었다. 이리저리 생각하던 그는 결국 자신이 겁쟁이라는 사실을 눈치 챌 수 있었다.

그는 오타니에게 말했다.

"너는 정말 용감한 소년이다. 너는 반드시 너의 금을 끝까지 간직하게 될 것이다. 자, 여기 있다. 다시 네 것이 되었다. 어서 말에 올라 타거라. 내 부하들이 목적지까지 안전하게 너를 데려다 줄 것이다."

세월이 흐른 후 오타니는 싸이러스 왕의 친구 겸 조언가로 왕과 더불어 위대한 명성을 떨칠 수 있었다.

성실한 청년
에이브

22살의 링컨이 잡화상 점원으로 일할 때의 일이다. 링컨은 상점 주인의 전적인 신뢰를 받으며 부지런히 일했다. 그는 똑똑하고 믿음직스런 젊은이로 소문이 나 있었다.

그러던 어느 날, 링컨이 저녁 늦게 장사를 마치고 하루 동안의 수입을 결산하는데, 몇 번이나 계산을 해보아도 맞지 않았다.

"왜 6센트가 남는 것일까?"

그는 그날 가게를 다녀간 손님들의 얼굴을 떠올려보았다. 한 사람씩 주고받은 금액을 따져보다가 단골손님인 앤디 할머니에게 거스름돈을 덜 준 것을 알게 되었다.

"그래, 맞아! 앤디 할머니께 거스름돈을 덜 드렸구나!"

그는 가게 문을 닫고 그 늦은 밤에 멀리 떨어진 앤디 할머니댁으로 찾아갔다.

"앤디 할머니! 에이브입니다. 죄송합니다만 제가 착각을 해서 거스름돈 6센트를 덜 드렸습니다."

숨을 헐떡이며 링컨이 6센트를 내밀자 할머니는 깜짝 놀랐다.

"에이브! 6센트 때문에 이렇게 밤늦은 시간에 그 먼 길을 왔단 말이냐?"

"6센트가 아니라 1센트라도 당연히 와서 돌려드려야지요."

"그래도 그렇지. 다음에 내가 가게에 들르면 그때 줘도 될 것 아니냐!"

"아닙니다. 오늘 잘못은 오늘 바로잡아야지요."

"자네는 정말 소문대로 정직한 청년이로군. 자네는 이 다음에 반드시 큰 인물이 될 거야."

앤디 할머니는 링컨의 정직함에 감탄을 하며 칭찬을 아끼지 않았다.

세상에서 에이브러햄 링컨 대통령을 모르는 사람은 없을 것이다. 이 이야기 속의 주인공이 바로 그 링컨이다. 링컨은 미국의 역사상 워싱턴 다음으로 인정받는 위인이다. 다행히도 그런 위인의 에피소드 중에 이러한 따사로운 인간미의 실화가 많이 있다. 그것은 당시 노예로 태어난 사람들에겐 크나큰 의미가 아닐 수 없었다.

어머니의 산교육

이백 년 전 보스턴에 벤저민 프랭클린이란 어린 소년이 살고 있었다. 그가 일곱 살 되던 해 어느 날, 엄마가 그에게 돈을 주었다. 노랗게 반짝이는 동전을 받아 쥔 벤저민은 그 돈을 바라보며 물었다.

"어머니, 이 돈으로 제가 무엇을 하면 좋을까요?"

이 돈은 벤저민이 태어나서 처음으로 받아보는 돈이었다.

"벤저민, 그 돈으로 네가 가지고 싶었던 것을 사면 된단다."

"그럼 어머니, 제게 돈을 좀더 주시면 안 되나요?"

"안 된다. 벤저민! 어린 너에게 더 이상의 돈을 줄 수는 없단다. 그리고 그 돈을 너무 헛되거나 어리석게 써서는 안 된다."

돈을 받아 쥔 벤저민은 신이 나서 거리로 나왔다. 그의 주머니에

선 동전이 짤랑거렸다. 세상에서 제일 부자가 된 것 같았다.

보스턴은 상점도 별로 없는 조그마한 마을에 지나지 않았다. 거리로 들어선 벤저민은 무엇을 살까 망설였다.

벤저민은 형들과 누나들이 많았고 그 중 막내였다. 그의 아버지는 가난한 사람이었다. 그는 어린 나이에도 장난감을 사면 안 된다는 생각이 들었다.

그렇게 망설이고 있는 동안 저쪽 길에서 키가 큰 소년 하나가 호루라기를 불며 다가오고 있었다. 호루라기 소리를 들은 벤저민은 단번에 결정을 내리고 말았다.

"맞아, 내가 살 것은 저 호루라기야."

호기심 가득한 눈으로 자신을 바라보고 있는 아이를 본 키가 큰 소년은 벤저민 앞에서 크게 호루라기를 불었다. 벤저민에겐 정말 아름다운 소리가 아닐 수 없었다.

벤저민이 키가 큰 소년에게 말했다.

"나도 돈 많아."

벤저민은 손에 쥐고 있던 동전을 큰 소년에게 보여주었다.

"만일 그 호루라기를 주면 이 돈을 줄게."

그 소리에 소년이 눈을 동그랗게 뜨면서 물었다.

"그 돈을 다 준다는 얘기야?"

"그럼 분명히 다 줄 거야."

"그럼 그렇게 하자. 이것도 분명 거래이니까."

큰 소년은 얼른 벤저민에게 호루라기를 건네며 벤저민이 손에 쥐

고 있던 동전을 건네받아 그대로 달아났다.

일곱 살밖엔 안 된 벤저민은 기쁘기 그지없었다. 집으로 돌아오는 동안 호루라기를 신나게 불어댔다.

집으로 돌아온 벤저민이 어머니를 보자 자랑스럽게 얘기했다.

"어머니, 아주 멋있는 호루라기를 샀어요."

"얼마 주고 샀는데?"

"그거야 엄마가 준 돈을 모두 주고 샀지요?"

"맙소사, 벤저민!"

어머니가 얼굴을 찡그리자 곁에 있던 큰 형이 벤저민에게로 왔다.

"아니, 벤저민! 어머니가 준 돈을 다 주고 그 호루라기를 샀단 말이지? 그 호루라기는 아주 싼 거야. 바보 같기는."

"벤저민, 내가 네게 준 돈은 그런 호루라기 여섯 개는 살 수 있을 거란다."

어머니가 안타깝다는 듯 말했다. 그제야 벤저민은 자신의 실수를 깨달을 수 있었다. 이제 더 이상 그에게 호루라기는 기쁨을 선사해 주지 못했다. 벤저민은 호루라기를 바닥에 내팽개치며 큰소리로 울기 시작했다.

그 모습을 본 어머니가 다가가 달래주었다.

"울지 마라. 너는 아직 어린 아이란다. 이런 일은 네가 어리기 때문에 생긴 일이란다. 그러니까 네가 좀 크게 되면 다시는 이런 실수를 하지 않게 되겠지. 이번 일은 다시는 네게 이런 일이 생기지 않도록 교훈을 준 거란다. 그러니까 고맙게 생각해야지. 너에게 다시는 이런 일이 생기지 않을 테니까."

벤저민은 꼬부랑 할아버지가 되었을 때도 이 교훈을 잊지 않았다.

벤저민 프랭클린은 위대한 사상가이며 행동가이기도 했다. 그는 워싱턴과 함께 손을 잡고 미국에 자유를 준 사람이었다.

인류 최초의 인간

천년 전, 세계 최고의 나라라고 자부하는 이집트가 있었다. 이집트는 나일 강을 양 갈래로 끼고 아름답게 드리워져 있었다. 많은 도시가 있고, 도시 외곽으로는 광활하게 펼쳐진 들판과 목초지들이 자리하고 있었다.

당시의 이집트 사람들은 그들의 나라가 세상 최초로 건립되었고 가장 전통 있는 나라라는 자부심을 지녔다.

"바로 우리의 조상이 인류 최초의 조상이었어."

"그럼, 인류의 시작은 바로 우리의 조상이었지."

그때 이집트를 통치하고 있던 왕은 파메스티쿠스였다. 왕은 그 말이 사실인지 아닌지를 가려내기 위해 고심했다.

마침내 왕은 머리를 짜냈지만 이렇다 할 명쾌한 답이 나오지 않앉다. 그러자 왕은 이집트 제일의 학자들과 현인들을 초청해 그들의 의견을 듣기로 했다.

"과연 우리 이집트의 조상이 인류 최초의 인간이 확실한가?"

그러나 그 누구도 흔쾌히 대답할 수 있는 사람은 없었다.

왕은 또 다른 방법을 강구할 수밖에 없었다. 그는 빈민가에서 전혀 말을 알아들을 수도 없고 할 수도 없는 갓난아기 둘을 데려오도록 했다.

왕은 한 양치기에게 갓난아기들을 맡기고 인간 세상과는 완전히 동떨어진 곳에서 그의 양들과 함께 갓난아기들을 자라도록 했다.

"너는 명심해야 한다. 절대로 아이들에게 한 마디 말도 해서는 안 된다. 그리고 그 누구도 아이들에게 접근해 그 어떤 말도 하지 못하도록 해야 한다. 인간의 언어는 그 어떤 것도 아이들이 들을 수 없도록 해야 한다. 명심하라! 그렇지 않으면 곧 너에겐 죽음밖에 없을 것이다."

양치기는 착실히 왕의 명령에 따랐다.

아이들이 자라나자 양치기는 아이들을 푸른 계곡 저 멀리 떨어진 곳에서 양떼를 치도록 했다. 그러나 시간이 지날수록 아이들에게 애정을 갖게 된 양치기는 친자식 이상으로 아이들을 사랑하게 되었다. 그럼에도 미소만 지을 뿐 절대로 입을 열지 않았다.

아이들은 맑은 공기 속의 대자연 속에서 강하고 건강하게 자라났다. 양들을 친구삼아 재미있게 놀 수 있었지만 양치기 외엔 그 어떤 사람도 볼 수가 없었다.

그렇게 몇 년이 더 흘러갔다. 어느 날 양치기는 고향집을 다녀오는 중이었다. 산골짜기 집으로 양치기가 도착한 모습을 본 아이들이 달려 나와 반가워하였다. 이 모습을 본 양치기는 너무도 기뻐 아이들을 꼬옥 안아주었다.

"비코스! 비코스! 비코스!"

아이들이 양치기를 보며 무슨 말인가를 외쳤다.

양치기는 아이들을 안고 오두막으로 들어가 여느 때처럼 빵과 우유로 식사를 했다. 여전히 그는 아이들에게 단 한 마디도 하지 않았다.

그러나 아이들은 계속해서 무슨 말인가를 하고 있었다. 아이들은 갓난아기 때부터 고립되어서 인간의 언어를 전혀 알지 못했다. 자신도 이제까지 단 한 마디도 하지 않았으므로 분명 그 말은 아이들이 자연발생적으로 터득한 기본적인 언어였던 것이다.

아이들은 양치기가 고향집을 방문하고 돌아올 때나 배가 고파지면 계속해서 비코스라는 말을 반복했다. 그럴 때마다 양치기는 아이들에게 음식을 주었다.

마침내 양치기는 왕에게 보고를 하기 위해 궁전을 찾았다.

"아이들이 말을 한다고? 그 말이 무엇이란 말인가?"

"예, 바로 비코스라는 말입니다. 아이들은 배가 고플 때마다 그 말을 합니다."

"비코스! 여봐라, 어서 언어학자들을 들라 해라."

그들이 도착하자 왕이 비코스에 대해 물었다.

"도대체 그 말뜻이 무엇이란 말인가?"

한 언어학자가 설명했다.

"그 말이 바로 본능적인 최초의 말입니다. 프리지아어입니다. 그들의 말로 빵이라는 뜻입니다."

"빵이라고? 그렇다면 프리지아인들이 인류최초의 인간이란 말인가?"

"본능적으로 비코스라는 말을 했다면 결국 그 말을 정리한 프리지아인들의 조상이 최초의 인간이 되는 셈입니다."

"다시 양치기에게 묻겠다! 아이들이 그 말 외엔 한 마디도 하지 않았더냐?"

"예, 없었습니다."

"이건 중대한 일이다. 우리말은 한 마디도 하지 않았던 것이냐? 잘 생각해봐라."

"제 목숨을 걸고 맹세합니다. 결코 저는 그 말 외엔 들어본 기억이 없사옵니다."

"그렇다면 결국 우리 이집트인들의 조상이 최초의 인류가 아니라는 것인가!"

이렇게 해서 결국 이집트인들은 자신들의 조상이 최초의 인류가 아니라는 사실을 확인하게 되었다. 이 사실에 대해 몇몇 사람들이 더 시도를 해봤음에도 직접 확인할 수는 없는 난제만이 남아 있을 뿐이었다.

인류의 역사는 신만이 알 수 있는 절대영역인지 모른다.

솔로몬 왕의 지혜

어느 날 솔로몬 왕이 시종들에 둘러싸여 왕좌에 앉아 있었다.

그때 갑자기 문이 열리며 시바 여왕이 들어와 말했다.

"왕이시여, 제 나라는 저 멀리 떨어져 있습니다. 저는 그 누구보다 대왕님의 권력과 명예, 지혜로움에 대해 수없이 많이 들었습니다. 세상 누구보다 대왕님은 수수께끼를 푸는 데 남다른 재주가 있다고 들었지요. 대왕님이 풀지 못하는 것이 없다는 말이 사실인지요?"

솔로몬이 그녀를 바라보며 말했다.

"조금 과장된 것 같지만 여왕께서 말한 것이 사실인 거 같소."

"그렇다면 제가 대왕님께 문제를 한 가지 내어도 되겠는지요?"

시바 여왕은 두 손에 아름다운 화환을 들고 있었다. 두 개의 화환은 너무도 흡사해 그 누구도 달리 구별할 방법이 없어 보였다. 솔로몬 왕도 똑같은 화환 두개가 있는 줄로 착각했다.

그러자 시바 여왕이 묘한 눈웃음을 지으며 말했다.

"대왕이시여, 이 화환들 중 하나는 가짜입니다. 하나는 대왕님의 아름다운 정원에서 따온 꽃다발이지만 다른 하나는 정교하게 만든 모조품이지요. 아주 노련한 예술가가 똑같이 만든 것이랍니다. 한번 대왕님의 지혜로 어느 것이 진짜이고 어느 것이 가짜인지 구별해 보시지요."

솔로몬 왕은 진짜를 가려내기 위해 다시 한 번 화환을 살펴보았다. 하지만 아무리 봐도 구별할 수가 없었다.

화환 구석구석을 둘러보던 솔로몬왕은 눈살을 찌푸렸다. 그리고 입술을 움찔거렸다. 그 모습을 재미있게 보던 여왕이 다시 한 번 왕을 독촉했다.

"지혜로운 대왕이시여, 어서 골라보시지요."

왕은 더 이상 대답이 없었다. 대답 없는 왕을 바라보며 시바 여왕은 더욱더 싱글벙글거렸다.

"제가 듣기로는 세상 누구보다 현명하신 대왕이십니다. 분명 대왕께는 이 문제가 그리 어렵지 않은 문제라 여겨지옵니다. 어서 골라보시지요."

드디어 솔로몬 왕이 왕좌에서 몸을 일으켰다. 그가 몸을 일으키자 고개를 숙이고 있던 시종들이 고개를 들었다. 어떤 이들은 잔잔한

미소를 짓고 있었다. 그들은 절대로 왕을 신임하는 사람들이었다.

하지만 여왕은 진실을 알지 못했다. 그녀가 다시 왕에게 물었다.

"어서 대왕님의 지혜로움을 보여주시지요."

솔로몬 왕을 믿고 있던 시종들과는 달리 왕은 아직까지도 뾰족한 방법이 없는 듯싶었다. 그러던 왕이 갑자기 고개를 들었다. 그는 창밖에 펼쳐진 꽃들의 정원을 생각해내고 있었다. 그리고 만발한 꽃밭으로 날아드는 벌들을 떠올렸던 것이다.

벌들이야말로 진짜 꽃다발을 단번에 알려줄 것이다. 왕이 즉시 명령했다.

"여봐라, 어서 창문을 열라."

왕의 말이 끝나자마자 창문이 열렸다. 여왕은 왕의 의도를 알지 못한 채 여전히 두 손으로 화환을 들고 있었다. 사방의 모든 눈들이 왕의 입술을 주시했다. 하지만 왕의 입술에서 나오는 소리는 똑같았다.

"계속 창문을 열라."

잠시 후 두 마리의 벌들이 열려진 창을 통해 안으로 들어왔다. 다른 벌들 역시 경쟁하듯 안으로 들어왔다. 벌들은 여왕이 들고 있던 한쪽의 화환으로 달려들었다. 하지만 반대편에는 한 마리도 붙어 있지 않았다.

드디어 솔로몬 왕이 시바 여왕을 바라보며 말했다.

"오, 사랑스런 시바 여왕이여, 이 벌들이 내 대답을 대신하고 있는 줄은 아실 것이오!"

그 말에 시바 여왕은 감탄사를 연발할 수밖에 없었다.

"위대한 대왕이시여, 진정 대왕께서는 세상에 한 분밖에 없는 현명한 왕이십니다. 세상 그 어떤 문제들도 대왕님의 앞에서는 해답이 나오지 않을 수 없을 것입니다."

솔로몬 왕은 삼천 년 전의 사람이었다. 그는 예루살렘에 위대한 사원을 지었으며 인류 역사 속에 위대한 지혜를 심어놓은 대왕이었다.

천상의 목소리를 가진 카드몬

영국에 한 유명한 수도원이 있었다. 화이트 비라는 그
곳은 바닷가와 매우 가까워 그곳에 있는 사람들은 사계절 어느 때든
파도소리를 들을 수 있었다.

그러나 그곳은 매우 거칠고 황량해 경작할 수 있는 땅의 면적은
얼마 되지 않았다. 옛날엔 그 땅의 절반을 수도원이 차지했고 절반
은 사람들이 살았던 성이었다. 그곳에는 양심적인 사람들, 겁 많은
사람들, 전쟁 중에 피난처를 찾던 도움이 필요한 사람들이 각양각
색으로 모여 생활하고 있었다.

그곳 사람들은 온 나라가 평화로 가득해지기를 마음속으로 기도
하고 있었다.

어느 추운 겨울 밤, 수도원을 돌보던 사람들이 한 자리에 모여들

었다. 그들은 난롯가에 둘러앉아 서로의 온기로 추위를 이겨내고 있었다.

밖에는 사나운 바람이 불고 있었고 그 소리는 더욱 추위를 부추겼다.

심한 바람에 의해 수도원의 낡은 문고리와 나무들이 부딪혀 호루라기 소리처럼 날카롭게 울려 퍼졌다.

그래도 그들은 난롯가에 모여 심한 폭풍우 속에서도 자신들에게 따스함을 선사하는 하느님께 감사했다.

그때 나무꾼의 우두머리가 마른 장작을 불속으로 집어던지며 한마디 했다.

"이보게들, 심심하지 않나? 누가 노래 좀 부르지 그래?"

그러자 나무꾼들이 신이 나서 말을 주고받았다.

"좋지! 누가 먼저 부를까? 이 추위를 따사로이 녹일 수 있는 노래 말이야. 우리 오늘 노래로 화끈하게 이 추위를 이겨보자고, 어때?"

요리사가 말했다.

"좋아, 모두들 돌아가면서 한 곡조씩 부르는 거야. 잠자리에 들 때까지 멋진 시간을 함께 보내자구."

"좋아. 찬성!"

"모두들 한 곡조씩 불러 봅시다. 요리사가 먼저 시작하는 것이 어떤가?"

나무꾼의 우두머리가 불꽃을 휘젓자 불꽃과 연기가 지붕 위로 치솟았다. 그러자 요리사가 노래를 부르기 시작했다. 그의 노래는 전쟁에 관한 노래였다. 거칠고 용감한 내용의 가사였다. 내용 중엔 또 사랑과 슬픔에 관한 것도 들어 있었다. 그가 노래를 마치자 순서를 기다리던 다른 사람들이 하나둘씩 자신들이 애창하는 노래를 불렀다. 노래가사마다 자신들의 직업 속에 깃들인 애환을 담고 있었다.

나무꾼은 깊은 숲속의 노래를, 밭을 가는 농부는 들판에 관한 노래를, 양치기들은 자신들이 키우는 양에 대해 노래를 불렀다. 그렇게 사람들은 노래가사 속에 빠져 추위를 이겨내고 있었다.

그런데 한쪽 구석에 몸을 비켜 서 있는 사내가 있었다. 그는 카드몬이라는 숫기 없는 사내였다. 그는 걱정을 태산같이 하고 있었다.

"내 차례가 오면 대체 뭘 한다지? 곧이어 내 차례가 될 텐데……. 나는 아는 노래도 없을 뿐만 아니라 음치라서 도저히 노래를 부를 수 없는데. 어떻게 한다지?"

그는 머뭇거리며 자신의 순서가 지나쳐가기를 마음속으로 기도하고 있었다.

마침내 대장장이 순서가 되었다. 그 다음엔 어김없이 카드몬의 차례였다. 자기 차례가 되자 대장장이는 벌떡 일어나 어둠 속으로 다가갔다. 그가 좁은 공간을 지나 노래를 부르기 위해 다가가자, 카드몬은 뒤로 몸을 빼며 노래 가사 같은 것을 읊조렸다.

"점잖은 소들은 나에게 노래를 강요하지 않는다네!"

그 가여운 사내는 대장장이가 노래하는 곳을 벗어나 소들이 잠자는 한 귀퉁이를 찾아 짚으로 몸을 덮고 누웠다.

사내들의 노래 소리는 계속 이어졌고 외치며 웃는 소리가 끊이지 않았다. 분위기는 사뭇 포근하게 무르익고 있었다.

이제 마지막 순서가 되었다. 사회자가 순서를 기다리고 있을 마지막 사람을 찾았다.

"다음엔 누구지?"

"소몰이를 하고 있는 카드몬입니다."

요리사가 사회자의 말을 받아주었다.

"그래? 카드몬! 이제 당신 차례야. 그런데 카드몬은 어디 있는 거야?"

사회자가 그를 찾자 모든 사람들이 사방을 돌아보며 카드몬을 찾았다.

"카드몬, 노래를 불러야지, 어디 있는 거야?"

그제야 사람들은 그의 자리가 비어있다는 사실을 알 수 있었다.

"대체 어디서 뭘 하는 거야? 어서 나오지 못해?"

대장장이가 소리치자 다른 사람들이 말했다.

"그는 노래에 두려움을 느껴 이곳을 빠져나간 것 같습니다."

사람들이 찾고 있는 카드몬은 이미 깊은 잠의 세계로 빠져들었다. 그는 따뜻한 짚으로 감싸인 채 잠에 빠져버린 것이다.

이제 노래의 향연은 막을 내렸고, 사람들은 각자 뿔뿔이 흩어져 자신들의 거처로 돌아가 깊은 잠에 빠져버렸다.

그때 카드몬은 달콤한 꿈을 꾸고 있었다. 그는 아름다운 불빛 속에 둘러싸여 있다는 생각이 들었다. 순간 그 불빛 속에서 아름다운 얼굴 하나가 자신을 내려다보고 있었다. 동시에 부드러운 목소리가 들렸다.

"카드몬, 나를 위해 노래를 불러주오."

카드몬은 아무 대답도 할 수가 없었다. 그러자 다시 목소리가 들려왔다.

"카드몬, 무슨 노래든 불러주오."

"오, 하지만 저는 어떤 노래도 부를 수가 없습니다. 저는 그 어떤 노래도 알지 못합니다. 제 목소리는 거칠 뿐만 아니라 음치라서 도저히 부를 수가 없습니다. 그래서 저는 제 동료들을 벗어나 이렇게 도망친 것입니다."

"그러나 당신은 노래를 불러야 합니다. 반드시 노래를 불러야 하고말고요."

"그럼 대체 어떻게 노래를 부르라는 것이지요?"

"노래란 창작입니다. 자신만의 방법이 있지요."

아름다운 얼굴의 여인이 말했다.

이윽고 카드몬은 소들과 단 하나의 손님만을 놓고 무슨 노래인가를 부르게 되었다. 그의 노랫가락은 평범한 내용이 아니었다. 음의 높낮이도 없었다.

다만 그는 세상이 어떻게 만들어졌으며, 달과 해가 어떻게 뜨고 지는지를, 또 어떻게 땅과 바다가 움직이는지, 그리고 새들과 짐승들이 어떻게 살아가는가에 대해 나름대로 철학적인 의미를 담아가며 읊조리고 있었다. 그의 노래 소리는 새벽이 될 때까지 이어졌다.

그때 마구간 소년들과 양치기들이 일어나 제 할일을 하기 위해 나왔다가 그의 노랫소리를 듣게 되었다. 그들은 카드몬의 기묘한 노래가사에 얼어붙은 듯 발걸음을 멈추고 말았다. 마침내 그곳으로 들어서던 모든 일꾼들이 그의 노래 소리를 듣게 되었다.

얼마 지나지 않아 한 사람이 달려가 수도원장에게 보고를 했고 급기야 그들마저 달려오게 되었다.

"마구간에서 들려오는 저 소리는 대체 무엇이란 말인가? 도대체 사람의 소리인가 아니면 천상의 소리인가?"

수도원장이 말했다.

이제 카드몬은 큰 홀 앞에 있는 수도원장실로 불려갔다. 그를 둘러싼 수녀들 앞에서 카드몬은 자신만의 창작품인 노래실력으로 아름다운 곡조를 붙여 다시 한 번 가사를 읊조렸다. 그 소리를 들은 모든 수녀들이 감탄을 하고 말았다.

"놀랍군요! 이건 정말 달콤하고 아름다운 시예요. 무척 사실적이고요. 또 얼마나 아름다운지요. 이렇듯 놀라운 가사를 달고 있는 시인은 세상 그 어디에도 없을 거예요."

수도원장은 카드몬을 서기로 임명하게 되었다.

학자들은 그에게 음유시를 짓게 했고 말로 전해진 그것들은 다시

그의 입을 통해 나오게 되었다. 이와 같이 그는 음유시인이 되어버린 것이다.

영국에서 첫 번째의 음유시인이 탄생하는 순간이었다. 카드몬이라는 수도원의 가난한 소몰이가 영국의 위대한 첫 음유시인으로 탄생한 것이다.

읽고 또 읽기에 열중한 윌리엄

"어머니, 도대체 구름은 어떻게 만들어지는 거지요? 왜 비가 오는 거죠? 그 빗물이 모여서 어디로 가나요?"

어린 윌리엄 존은 언제나 궁금증에 사로잡혔다.

"정말 알고 싶어요! 세상 모든 것들을 알고 싶어요!"

윌리엄의 주문과도 같은 기도였다.

그의 어머니는 어린 아들의 끝없는 질문에 대답해주려고 최선을 다했다. 그리고 아들이 글을 읽게 되자 어머니는 책을 통해 모든 궁금증을 풀게 했다.

"어머니, 왜 바람이 불어대는 거지요?"

"책을 읽으려무나. 그럼 저절로 알게 되지."

"세상 저편엔 누가 살고 있을까요?"

"책을 읽으려무나. 그럼 저절로 알게 될 거다."

"왜 하늘은 푸르지요?"

"책을 읽으려무나. 그럼 알게 된단다."

"어머니, 저는 정말 세상 모든 걸 알고 싶어요."

"너는 절대로 세상 모든 걸 알 수가 없을 것이다. 그렇지만 책들로 말미암아 사람이 알 수 있는 범위 안에서 세상 대부분을 알 수 있게 되겠지."

"알았어요, 어머니! 저는 그것을 알 때까지 끝없이 책을 읽을 거예요."

이렇게 말한 윌리엄은 아주 어린 소년이었다. 세살이 채 되기도 전에 책을 읽을 수 있었던 천재에 가까운 소년이었다.

그는 여덟 살이 되기도 전에 유명한 학교인 해로우의 저명한 학자가 되었다. 언제나 책읽기를 좋아했고, 소망했고, 그리고 무엇이든 쉬지 않고 읽었다. 윌리엄이 말했다.

"난 세상을 알고 싶다! 세상 모두를 알고 싶다! 내 소망은 단지 하나다."

그런 그에게 어머니 역시 쉬지 않고 말했다.

"읽으려무나. 끝없이 읽으려무나. 네가 알 때까지 말이다."

윌리엄이 유명한 학자가 됐을 때도 그의 나이는 십대에 불과했다. 그래서 어머니의 훌륭한 잔소리를 들을 수밖에 없었다. 어머니 역시 아들을 위해 좋은 책을 읽어주듯 말했다.

"진실된 책을 읽어라. 아름답고 훌륭한 책을 읽어라. 현명해지는 책을 읽으려무나.”

어머니의 설교는 계속되었다.

“어리석음을 주는 책을 선택해 읽느라 절대로 시간을 허비해서는 안 된다. 절대로 나쁜 책은 읽지 말아야 한다. 좋은 책들은 그 어떤 책을 읽어도 네게 도움이 될 것이다.”

어머니의 기원대로 그는 끝없이 책을 읽어나갔다. 결국 세계 최고의 학자 대열에 오를 수 있었다. 영국의 왕은 그에게 백작의 칭호를 수여했고 성인 윌리엄 존스라고 칭했다.

성인 윌리엄 존스는 약 이백 년 전의 사람이었다. 그는 상상도 할 수 없는 그의 박식함에 주목을 받기 시작했다. 그는 그 박식함의 대부분을 책에서 얻을 수 있었던 것이다. 이것을 증명이라도 하듯 약 50여 개국 언어를 말하고 쓸 수 있었다. 그가 외국어를 할 수밖에 없었던 것은 세상의 더 많은 책을 읽고 싶었기 때문이었다.

선원의 꿈을 포기했던 워싱턴

어린 조지 워싱턴이 비장한 각오를 했다.

"나는 기필코 선원이 될 거야! 그래서 세계 각지의 멋진 곳을 차례차례 방문해 볼 거야. 그리고 꼭 멋진 배의 선장이 되어야지."

이때 소년의 나이는 열네 살이었다. 누구보다 바다를 열망하는 조지를 그의 형이 격려했다.

"그래, 네 꿈대로 훌륭한 선원이 되어라."

이렇듯 조지의 큰 형은 동생이 선원이 되려는 것을 환영했다. 조지를 잘 알고 있는 이웃들은 조지같이 영리한 소년은 말단 선원으로 끝나는 게 아니라 얼마 후 선장이나 훌륭한 제독이 될 것이라 믿고 있었다.

조지의 꿈은 오래지 않아 이루어질 수 있었다. 조지의 형들 중 한

명이 영국을 왕래하는 무역선의 지배인을 잘 알고 있었다. 형의 설명을 들은 지배인은 조지를 배에 승선시키도록 허락했고 자신이 잘 지도해 훌륭한 선원으로 만들어줄 것을 약속했다.

그 말을 들은 조지의 어머니는 매우 슬퍼했다. 조지의 삼촌은 그녀에게 이런 편지를 보내왔다.

"절대로 조지를 바다로 보내면 안 됩니다. 일단 조지가 말단 선원으로 출발하게 되면 다른 일은 아무것도 할 수 없습니다. 선원의 일은 정신없이 바쁘고 위험해서 아무리 재능 있는 사람이라 할지라도 고기를 잡는 데에 한평생을 바치고 말 뿐입니다."

그럼에도 조지의 생각은 확고했다. 그 누구도 그의 결심을 막을 수 없었고 주변 사람들의 반대에도 전혀 아랑곳하지 않았다.

마침내 조지가 배에 승선하는 날이 다가왔다. 그가 탈 배가 큰 강에서 기다리고 있었다. 배는 닻을 내리고 그가 승선하기만을 기다리고 있었다. 그의 옷가지가 담겨있는 작은 가방들이 강기슭으로 옮겨졌다.

집을 떠나 바다로 향할 생각을 하고 있는 그는 기쁨에 넘쳐 있었다.

"안녕히 계세요, 사랑하는 어머니!"

그는 집을 나서며 돌아보았다. 그는 그 누구보다 자신을 사랑해주는 따스한 어머니의 모습을 보았다. 그 모습을 바라본 그는 슬퍼지기 시작했다. 배에 오를 기쁨이 한순간에 사라져버렸다. 어머니가 눈물을 흘리며 한 손을 들어 보였다.

"잘 가라, 내 사랑하는 아들!"

한없는 슬픔 속에서 울고 계신 어머니의 눈물을 보았다. 어머니는 그때까지도 아들이 배에 타는 걸 바라지 않았던 것이다. 어머니의 슬픔을 다시 한 번 깨달은 그는 가슴깊이 밀려오는 뭉클한 마음에 발걸음을 돌릴 수가 없었다. 그는 한동안 뭔가를 생각하더니 재빨리 발걸음을 돌렸다.

"어머니! 어머니의 뜻을 따르겠습니다. 어머니와 함께 살겠어요."

그는 문밖에서 자신을 기다리고 있던 흑인 소년을 불렀다.

"탐, 어서 강가로 달려가 사람들에게 내 짐을 싣지 말라고 해. 그리고 선장님에게 나를 더 이상 기다리지 말라고 해. 갑자기 일이 생겨 그냥 집에 있어야 한다고 전해드려. 정말 미안하다고 하면서 말이야."

조지 워싱턴은 미국의 독립혁명을 승리로 이끌며 1789년 미국 초대 대통령으로 취임하였다. 초대 대통령 워싱턴이 8년에 걸친 두 번의 임기를 마치게 되자, 미국의 국왕으로 추대하자는 움직임이 있었고, 종신 대통령으로 선출하자는 움직임도 있었다. 마음만 먹으면 킹 조지 1세도, 종신 대통령도 가능했지만, 그는 단호히 거절하였으며 약속대로 명예롭게 은퇴하였다.

훌륭한 인격의 다니엘

어린 시절의 다니엘 웹스터는 도시에서 멀리 떨어진 어느 시골에 살고 있었다. 그는 다른 형제들처럼 튼튼한 몸을 가지지 못했다. 그러나 일을 못 하는 대신 그 누구보다 책을 열심히 보며 공부를 했다.

현명함을 인정받은 그는 어느 형제들보다 먼저 어린 나이에 학교를 가게 되었다. 선생님이 더 이상 가르칠 내용이 없을 정도로 그 총명함을 인정받았다.

그의 아버지는 아들이 훌륭한 학자로 크게 이름을 떨치길 바랐다. 그 누구도 제대로 된 교육이 없이는 훌륭한 인물이 될 수 없다는 것을 깨달은 그의 아버지는 좀 힘이 들더라도 아들을 대학에 보내기로 결심했다.

어느 날 밤, 그의 아버지가 아들에게 말했다.

"다니엘, 내일 아침 일찍 나와 함께 엑스터로 가야겠다."

"엑스터요?"

"그래, 아버지는 네가 그곳에서 교육을 받았으면 좋겠구나. 어떤 어려움이 따른다고 해도 말이다."

엑스터에 위치한 학원은 대학을 원하는 젊은이들에게 합격률을 보장하는 아주 유명한 학원이었다. 그러나 다니엘의 아버지는 아들에게 대학 이야기는 하지 않았다.

당시에는 엑스터에 철도시설이 없었기 때문에 다니엘과 아버지는 그곳까지 말을 타고 갈 수밖에 없었다.

이른 아침, 두 마리의 말이 문 앞에서 기다리고 있었다. 한 마리는 아버지가 타고 갈 말이었고 여성용 말안장이 놓여 있는 늙고 작은 말은 아들인 다니엘이 타고 갈 말이었다.

"아버지, 저 작은 말은 누가 타고 갈 거예요?"

"당연히 네가 타고 가야지."

"그렇지만 제가 여자는 아니잖아요?"

아버지는 아들의 마음을 읽고 있었다. 아버지가 아들을 지그시 바라보며 말했다.

"알고 있다. 그런데 말 주인인 존슨은 이런 작은 말을 엑스터로 보내길 바라고 있지. 그는 네가 큰 말을 타고 가는 걸 달가워하지 않더구나. 나도 너를 돌보는 의미에서 그의 말에 찬성을 할 수밖에. 그러니까 네가 이해를 해야겠다."

"하지만 아버지, 제가 여성용 말안장에 앉아 있는 걸 사람들이 본다면 매우 우습게 생각하지 않을까요?"

"물론 그렇겠지. 하지만 어쩔 수 없지 않겠니?"

그들 부자는 엑스터로 여정을 떠났다. 아버지는 앞의 큰 말을 타고 갔고 다니엘은 늙고 작은 말을 타고 그 뒤를 ◎아갔다.

엑스터까지의 길은 진흙길이었다. 그래서 그들은 천천히 말을 몰았다. 그렇게 이틀이 걸려 부자는 엑스터에 도착할 수가 있었다.

엑스터의 사람들은 그들 부자를 이상한 듯 바라보았다. 그들은 여자용 말안장을 바라보고 있으면서도 다니엘의 염려와는 달리 별말없이 총명해 보이는 검은 눈동자와 고귀한 얼굴을 지닌 그를 바라볼 뿐이었다.

물론 그의 옷은 집에서 만든 거칠기 짝이 없는 옷이었다. 신발 역시 세련되지 못하고 거칠어 보였다. 말고삐를 잡는 좋은 장갑도 끼지 않았다. 수줍음이 많은 다니엘은 그들의 시선을 느끼자 얼굴이 벌게졌다.

사람들은 행색은 초라했지만 다니엘의 훌륭한 인격에 반해 모두들 그를 좋아하게 되었다.

다니엘이 초라한 옷을 입고 여성용 말안장에 앉아 있었다 해도 그의 얼굴엔 숨길 수 없는 인격이 배어 있었던 것이다.

그 후 열심히 공부한 다니엘 웹스터는 유명한 연설가이며 학자요, 언론인이 되었으며 국회로 진출할 수가 있었다.

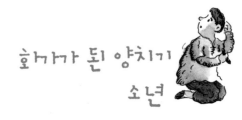

화가가 된 양치기 소년

오래전 이태리에서 한 여행객이 푸른 목장과 그곳에서 양을 치는 사람들이 내려다보이는 드넓은 목초지를 산책하며 근처에서 제일 높은 언덕에 올라 사방을 내려다보고 있었다.

여행객의 눈에 양치기 소년 한 명이 잔디에 앉아 무엇인가에 열중하고 있는 모습이 보였다. 소년의 주위에는 수많은 양들이 한가롭게 풀을 뜯고 있었다.

소년은 자신이 하고 있는 일에 너무 몰두한 나머지 여행객이 다가오는 기척조차 의식하지 못했다. 소년은 목탄을 쥐고 편편한 바위 위에다가 자신이 돌보고 있는 양들을 그리고 있었다.

여행객이 소년 쪽으로 바짝 다가갔지만, 소년은 아랑곳하지 않고 자신의 그림에만 열중했다.

여행객은 소년의 그림을 자세히 들여다보았다. 소년이 그린 그림은 확실히 양이었다. 그림을 볼 줄 아는 여행객은 소년의 그림을 본 순간 적잖이 놀라고 말았다.

그 그림은 어린 소년이 그렸다고는 믿어지지 않을 만큼 세심했고 정밀했다. 천부적 자질을 타고 난 소년이었던 것이다.

여행객은 소년의 이름을 묻지 않을 수 없었다.

"얘야, 네 이름이 뭐지?"

아직까지 그림에 몰두하느라 주위를 의식할 수 없었던 소년은 그제야 놀라 얼굴을 들었다.

"도대체 누구시죠? 제 이름은 기오또라고 하는데요."

"아, 그래, 기오또! 정말 미안하구나. 그래, 아버지 이름은 어떻게 되지?"

소년은 당황하면서도 낯선 이의 질문에 또렷이 대답했다.

"본돈이라는 분이시지요."

"그래, 그럼 네가 돌보고 있는 양은 누구 것이지?"

"저 양들은 저기 큰 저택에 살고 있는 부자의 것이지요. 우리 아버지는 들에서 일을 하시고 저는 이렇게 양을 돌보고 있지요."

"기오또, 그렇다면 앞으로 나와 함께 사는 것은 어떻겠니? 너는 타고난 그림 솜씨를 지니고 있단다. 그런 네가 그림에 성공할 수 있도록 내가 지도해주고 싶은데. 양이나 사람을 그릴 때엔 어떻게 그리느냐가 중요하단다."

낯선 방문객의 제안을 받은 소년은 자신의 그림을 칭찬해주는 그가 마음에 들었다. 어린 소년이 보기에도 그는 분명 화가처럼 보였다. 소년의 얼굴이 밝아지기 시작했다.

"제가 그림을 배운다면 정말 좋겠어요. 절 가르쳐 주신다니 정말 믿어지지 않아요. 하지만 아버지의 허락을 받아야 해요."

"그러자꾸나. 어서 아버지에게로 가보자."

아이의 그림을 단번에 알아본 이 여행객이 바로 당대의 그 유명한 화가 시마부였다.

시마부가 소년의 아버지인 본돈을 찾아가자 그 역시 놀라지 않을 수 없었다. 이태리 최고의 화가가 어느 날 갑자기 나타나 자신의 아들을 플로렌스로 데려가 그림을 가르치겠다니 황당할 수밖에 없었다.

"제 아들놈이 그림을 잘 그린다니 놀랄 수밖에요. 저는 애비로서 전혀 아는 게 없습니다. 부끄럽군요. 그러나 아이를 거두어 주신다니 저로서는 영광입니다. 이 아이는 오로지 그림밖엔 모르는 아이입니다. 아마도 선생님의 지도에 아주 만족해할 것입니다."

마침내 플로렌스로 가게 된 기오또는 유명한 그림들을 자연스레 접하게 되었다. 천부적 재능을 지닌 그는 시마부의 기대 이상으로 그림을 잘 그리게 되었다.

어느 날, 시마부는 한 남자의 정밀화를 그리고 있었다. 이윽고 초저녁이 되자 기오또를 바라보며 말했다.

"이 그림을 아침까지 그냥 놔둬야겠다. 침침한 밤에 그리기보다는 햇살을 받으며 그리는 게 좋겠다."

아침이 되어 시마부가 다시 그림을 그리려고 하자 그림 속 인물의 코에 파리 한 마리가 붙어 있었다. 시마부는 붓으로 그림 속의 파리를 날려 보내려 했다. 그럼에도 파리는 끝까지 남자의 코에 붙어 있었다. 자세히 보니 두말할 것도 없이 파리는 그림이었다. 황당한 시마부가 기오또를 바라보며 물었다.

"이게 무슨 짓이냐?"

시마부는 자신의 그림에 손을 댄 기오또를 바라보며 크게 화를 냈지만 잠시 후 냉정을 되찾았다. 시마부의 화가 가라앉자 그는 몸을 조아리며 조심스럽게 말했다.

"죄송합니다, 선생님! 제 부족한 생각으로는 그 자리에 꼭 파리가 있어야 할 것 같았습니다. 그래야 더욱 실감이 날 것 같았어요. 정말 선생님의 그림을 망칠 생각은 추호도 없었습니다."

또다시 시마부가 화를 낼 줄 알았지만 오히려 칭찬을 아끼지 않았다.

"어떤 이들은 그림에 파리를 일부러 집어넣기도 하지. 그것 역시 사실적 표현에 중요한 부분일 테니까."

이 이야기는 약 600여 년 전 이태리의 플로렌스 지방에서 있었던 일이었다. 그 양치기 소년은 훗날 시마부처럼 이태리에 이름을 남기는 유명한 화가가 될 수 있었다.

프레드릭 왕의
깊은 사랑

오래전 프로이센에 프레드릭 왕이 있었다. 그는 매우 용감하고 지혜로운 왕이었다. 그래서 사람들은 그를 프레드릭 대왕이라 칭했다. 아무리 현명하고 용감한 왕이라 해도 다른 왕들처럼 훌륭한 궁궐과 능력 있는 신하들을 거느리며 살고 있었다.

수많은 신하들 중에 칼이라는 어린 시종이 있었다. 칼의 업무는 왕의 침실 밖에서 항시 대기하며 왕의 일거수일투족을 제일 먼저 보필하는 임무였다.

어느 날 밤, 왕은 매우 중요한 편지였는지 밤을 새워 늦게까지 편지를 쓰고 있었다. 그래서 칼은 왕의 시중을 들며 부지런히 사방을 오가고 있었다.

항시 왕의 곁에서 대기하고 있던 칼은 왕이 자신을 부르는 작은 종소리가 울리면 달리기 선수처럼 왕에게 뛰어갔다. 그렇게 칼도 왕과 함께 밤을 새웠다.

다음날 아침 일찍 왕은 칼을 불렀다. 그러나 여러 번 작은 종을 울려도 칼이 달려 나오지 않았다. 일찍이 한 번도 그런 일이 없었던 지라 왕은 칼이 걱정되어 몸을 일으켰다.

"충실한 칼은 한 번도 내 종소리를 듣지 못한 적이 없었는데 칼에게 무슨 일이 일어난 것은 아닌지…."

왕은 문을 열고 칼이 대기하고 있는 장소를 바라보았다. 그곳이 바로 칼의 자리였다. 칼은 밤새 왕의 심부름을 하느라 그만 잠자는 시간을 놓쳐버려서 세상모르고 웅크린 채 잠을 자고 있었다.

칼은 도저히 일어날 수 없을 것 같았다.

왕은 칼을 흔들어 깨우려 했으나 우연찮게 칼이 읽고 있던 편지를 발견했다. 왕은 무슨 내용인지 궁금해서 읽어보았다. 그 편지는 칼의 어머니가 어린 자식에게 보낸 편지였다.

"사랑하는 아들아! 너는 정말 훌륭하단다. 네 급료를 한 번도 빠뜨리지 않고 꼬박꼬박 집으로 보내주어 우리 식구들은 잘 살아가고 있단다. 그 돈으로 네 어린 동생들에게 따뜻한 옷을 사 입히고, 간식까지 사줄 수 있어 얼마나 다행인지 모르겠다. 하지만 어미로서 혼자 동떨어져 고생하고 있는 너를 생각하면 가슴 아프기 한량없단다. 우리식구가 나중에 같이 모여 행복하게 살아갈 날을 고대하며 이만 줄일까 한다. 신이 너를 항시 보살펴 주실 것이니, 대왕님께 충성을 다해라. 이만 줄인다."

편지를 읽은 왕은 살금살금 방으로 돌아와 금화 열 닢을 종이로 포장했다. 다시 방을 나온 왕은 매우 조심스럽게 어린 소년의 주머니에 금화 열 닢을 가만히 넣어주었다.

얼마 후 왕은 종을 크게 울려 칼을 깨웠다. 꿈속을 헤매다가 드디어 잠이 깬 칼은 자신이 졸았다는 생각이 들자 얼른 몸을 일으켰다. 칼이 눈을 부비며 급히 왕에게 달려가자 왕이 말했다.

"내가 보니 네가 잠깐 졸았던 것 같구나."

그 말을 들은 어린 칼은 그만 안색이 변하며 금방이라도 쓰러질 듯한 모습이었다. 자신이 크나큰 실수를 범했다고 생각하고는 그만 소리를 내며 울어버렸다. 체벌을 각오하고 있던 그는 가슴 속에 뭔가 묵직한 것이 들어있다는 것을 느끼고는 손으로 한번 짚어보고는 꺼내들었다. 칼은 놀라움에 급히 머리를 조아렸다. 안주머니에는 왕이 넣어준 묵직한 금화가 어머니의 편지와 함께 봉해져 있었던 것이다.

프레드릭 대왕이 칼에게 물었다.

"애야, 무슨 일이 있는 것이냐?"

"오, 위대하신 대왕이시여! 저에게 자비를 베푸십시오. 제가 잠이 들었던 건 확실하오나, 금화에 관해서는 절대로 모르는 일이옵니다. 이 귀한 금화는 분명 저를 음해하려고 누군가가 꾸민 음모이옵니다. 저는 아무것도 아는 것이 없사옵니다."

왕은 칼에게 미소를 지으며 말했다.

"용기를 내거라, 칼! 나는 네가 내 시중을 드느라 얼마나 고생하

고 있는지 잘 알고 있다. 사람들은 흔히들 말하곤 하지. 우리에게 행운이 오는 시간은 바로 잠을 자고 있는 시간이라고 말이야. 네게도 그런 행운이 찾아온 것 같구나. 네가 이 금화와 너를 칭찬한 글을 어머니께 보내드리면, 어머니는 분명 이 나라의 왕이 너와 네 가족을 잘 돌봐주고 있다는 걸 금방 알 수 있을 것이다. 그것 역시 왕의 본분이란다. 왕은 모든 백성들을 일일이 돌봐줄 수는 없지만 최소한 바로 내 곁에서 가장 많은 시간을 보내는 너에게만은 좀 베풀어야 하지 않겠느냐?"

아버지 칼리프

페르시아에 칼리프로 불림을 받고 있는 알 마몬이란 왕이 있었다. 그에게는 두 아들이 있었는데 알 마몬은 두 왕자들이 정직하고 고귀한 인격을 지닌 사람이 되기를 바라고 있었다. 그리하여 그는 알 팔라라는 좋은 선생을 왕자들의 스승으로 임명했다.

어느 날 수업을 마친 후 알 팔라는 집으로 돌아가려고 몸을 일으켰다. 그 나라 사람들은 집 안에서는 신을 신지 않았기 때문에 선생은 신발장에 보관해 둔 신발을 꺼내려 하고 있었다. 그런데 왕자들은 서로 먼저 선생님의 신발을 꺼내주려고 다투었다. 서로 스승에 대한 경외심을 보이느라 몸싸움을 하면서 신발을 차지하려 했던 것이다.

하지만 현명한 왕자들은 곧 자제심을 발휘해 스승에 대한 경외심을 양분하기로 했다. 그리하여 한 짝씩 선생님의 신발을 차례로 놓아주었다.

이 이야기를 들은 왕은 알 팔라를 불러 그에게 물었다.

"사람들 중 가장 명예로움을 지닌 자가 누구일까?"

알 팔라가 서슴없이 대답했다.

"저는 이제까지 폐하보다 명예로운 사람을 본 적이 없습니다."

그 말을 들은 왕이 고개를 저었다.

"아니야, 절대 아니야. 한 선생이 아이들을 가르치고 집으로 돌아가려는데, 아이들이 선생에 대한 존경심을 표시하기 위해 서로 싸우며 먼저 신발을 놓아주려고 했네. 결국 아이들은 선생이 가르친 내용을 생각하고는 한 짝씩 사이좋게 선생의 신발을 놓아주어 양보를 했다네. 그렇다면 아이들에게 존경을 받고 있는 그 선생이 제일 명예로운 사람이 아닐까?"

그 말을 들은 알 팔라가 말했다.

"폐하, 앞으로는 왕자님들이 그런 행동을 하지 못하도록 하겠습니다. 물론 저는 왕자님들을 낙담시키려고 작정한 건 아닙니다. 희망컨대, 앞으로는 절대 왕자들의 본분에서 벗어나는 일이 발생되지 않기를 바라고 있습니다."

왕이 그에게 말했다.

"만일 자네가 왕자들이 그런 행동을 하지 못하도록 한다면 그것은 자네의 잘못된 교육이라고 할 수밖에 없네. 그들은 결코 왕자의 신분에서 벗어나는 행동을 한 것이 아닐세. 나는 진정으로 왕자들이 스승의 인격에 감동을 받아서 그런 자연스런 행동을 보였다고 생각하네. 그것은 진실일세."

그 말을 들은 알 팔라는 왕에게 고개를 숙였다.

"왕자들은 아직 젊은이도, 그렇다고 소년도 아닐세. 그저 성숙해져갈 뿐이야. 그 누구도 성숙한 인격을 지니려면 세 가지 의무를 다해야 되는 걸세. 통치자에 대한 예의, 부모를 공경하는 마음, 그리고 스승에 대한 존경의 예우이지."

왕은 두 아들을 불러들였다. 아버지는 자신들의 고귀한 의무를 알고 있던 두 왕자를 격려하며 각각의 두 손에 금화를 쥐어주었다.

완벽한 그림

제우시스라는 화가가 있었다. 그는 정밀화를 그렸는데 어찌나 정밀하게 그리는지 사람들은 그의 그림을 보고 실물로 착각하는 실수를 할 정도였다.

그가 과일을 소재로 그림을 그린 적이 있었는데 날아가는 새들이 그 그림을 보고 실제 과일로 착각하고는 수없이 달려들었다. 그러한 사실에 대해 제우시스는 긍지를 가지게 되었다.

"세상에 나처럼 생동감 있는 정밀화를 그리는 사람은 존재하지 않는다. 내가 바로 최고의 화가이지."

그와 맞먹는 명성을 가지고 그림을 그리는 파라시우스라는 사람이 있었다.

그는 제우시스가 그린 정밀화에 대해 떠벌이는 것을 보면서 속으로 다짐했다.

"진정한 그림이 무엇인지를 보여주고 말리라!"

그리하여 파라시우스는 커튼으로 가려진 아름다운 그림을 그렸다. 그러니까 커튼 자체가 그림이었던 것이다. 파라시우스는 그림을 들고 제우시스를 방문했다.

제우시스는 파라시우스가 그린 그림을 받아들고 유심히 들여다보았다.

"이제 그만 그림을 볼 수 있도록 커튼을 걷어 주시지요?"

제우시스의 말을 들은 파라시우스가 크게 만족해하며 웃어보였다.

"커튼 자체가 바로 그림이라오."

그 말을 들은 제우시스가 떨리는 목소리로 말했다.

"이런, 세상에. 내가 실수를 하다니! 당신은 지금 내 가슴을 갈가리 찢어놓고 있군요. 이제 내게 남아 있는 자랑거리는 아무것도 없습니다. 나는 기껏해야 새를 속이는 그림쟁이였지만 당신은 나를 속인 위대한 화가로 인정할 수밖에 없습니다."

어느 날, 제우시스는 한 소년이 잘 익은 체리를 바구니에 가득 담고 걸어가는 모습을 그려서 그의 문 앞에 걸어놓았다.

주위 사람들은 날아가던 새들이 그림으로 달려들어 잘 익은 체리를 바구니에서 꺼내려고 애를 쓰는 모습을 심심찮게 보았다. 사람들은 놀랐지만 이를 본 제우시스는 그만 탄식을 하고 말았다.

"저 그림은 절대 성공작이 아니다. 내 그림이 완벽했다면 절대로 새들은 그림으로 달려들지 않았을 거야."

　그렇다. 어찌 감히 새가 사람의 손에 들려있는 체리를 꺼내려고 달려들 수가 있단 말인가!

　이것을 거울삼아 제우시스는 그 후 멋지고 놀라운 그림을 많이 그렸다.

죽음에서
빠져나온 장군

그리스의 유명한 장군들 중에 아리스토민스라는 장군이 있었다. 그는 용감함과 지혜로움을 겸비한 사람이어서 그 나라 사람들로부터 존경을 받고 있었다.

스파르타와 큰 전쟁이 시작되자 그의 군대는 크게 패하게 되고 아리스토민스 장군 역시 포로가 되고 말았다.

그 당시에는 포로에 대한 관대함이 없어서 승리한 군대에게 재량권이 있었다. 그래서 포로들의 대우가 죽음보다 형편없는 경우가 많았다. 일단 포로가 되면 모든 권리와 생명까지도 포기한다 해도 과언이 아니었다. 노예가 되거나 목숨을 잃게 되는 경우가 대부분이었다.

스파르타 사람들은 아리스토민스 장군을 싫어했다. 그리스 사람들에게 인기가 있다는 건 곧 적들에겐 원수가 된다는 뜻이었다. 그리하여 더욱 핍박을 받을 수밖에 없던 그였다. 어찌되었든 그는 스파르타 인들에게 많은 문제를 일으킨 문제의 장본인이었다.

스파르타 사람들이 포로가 된 아리스토민스를 바라보며 한마디씩 했다.

"드디어 저 원수를 잡았다. 바위 틈새로 놈을 밀어 넣으면 다시는 우리와 만날 일이 없을 것이다."

산 근처에는 그들의 도시가 있었고 그 산의 바위 사이에는 좁은 틈새가 있었다. 그곳은 매우 깊어서 그 누구라도 그 틈으로 빠지게 되면 그대로 생매장이 되고 말았다.

스파르타 사람들은 그를 그곳에 생매장하기를 원했다. 그래서 무리를 지은 병사들이 그를 이끌고 바위산으로 기어올랐다. 그리고 바위 틈새로 그를 밀어 넣었다.

"이제 이곳에 우리의 적을 밀어 넣었다."

그 누구도 그곳으로 빠져버린 아리스토민스가 탈출할 거라고는 꿈에도 생각하지 못했다. 그러나 지혜로운 그는 그곳에서 탈출할 수가 있었다. 그가 탈출을 하자 그를 신격화시킨 그리스 사람들은 바위 틈새로 갇혀 있던 그를 신의 명을 받은 커다란 새가 나타나 끄집어냈다고 믿게 되었다.

하지만 그는 그렇게 탈출을 한 것이 아니었다. 신의 도움을 직접 받은 것이 아니라 그의 지혜로움으로 스스로 삶을 개척했던 것이다.

저자(볼드윈)가 생각하건대 그는 분명 적들이 밀어 넣은 그 바위 틈새로 떨어져 깊은 계곡 밑으로 걸리게 되었을 것이다. 물론 어느 정도의 상처는 입게 되었지만 강건한 그는 죽을 만큼 심각한 손상을 입지는 않았다.

그렇게 그는 며칠 동안 그곳에서 죽어가고 있었다. 점점 허기와 갈증으로 체력이 바닥나고 있었다. 그때 갑자기 그는 무슨 소리를 들을 수가 있었다. 그것은 바위틈새로 기어오는 커다란 여우였다.

그는 여우가 자신의 곁으로 아주 가깝게 다가올 때까지 숨을 죽이며 기다리고 있었다. 바로 옆으로 여우가 지나자 재빨리 몸을 일으켜 여우의 꼬리를 잡았다. 꼬리를 잡힌 여우는 너무도 놀라 있는 힘을 다해 그곳을 빠져나가려고 하였다.

자세히 살펴보니 그곳은 어둠이 깊게 드리워져 있어서 그렇지 사람 하나가 충분히 빠져나갈 수 있을 만큼의 틈이 있는 곳이었다. 아리스토민스는 그 틈새를 부여잡고 탈출할 수가 있었던 것이다.

그가 계속 몸을 비집으며 걸음을 옮기자 드디어 찬란한 빛이 비쳐들었다. 그곳이 바로 어둠 속의 유일한 탈출구인 것이었다. 그는 마침내 있는 힘을 다해 죽음의 골짜기에서 빠져나올 수가 있었던 것이다.

그런 노력 끝에 드디어 그는 밝은 세상에서 숨을 쉴 수가 있었던 것이다.

얼마 후 아리스토민스가 다시 그리스의 장군으로 복귀되었다는 소식을 들은 스파르타 사람들은 도저히 그 사실을 믿을 수 없었다.

"잘못 본 거야, 그곳을 빠져나올 수 있는 건 귀신밖에 없어!"

그를 직접 보기 전까지의 스파르타 사람들은 한결같이 말했다.